〔新訂版〕

地球・熱暴走

—人類絶滅の序曲—

さくら俊太郎

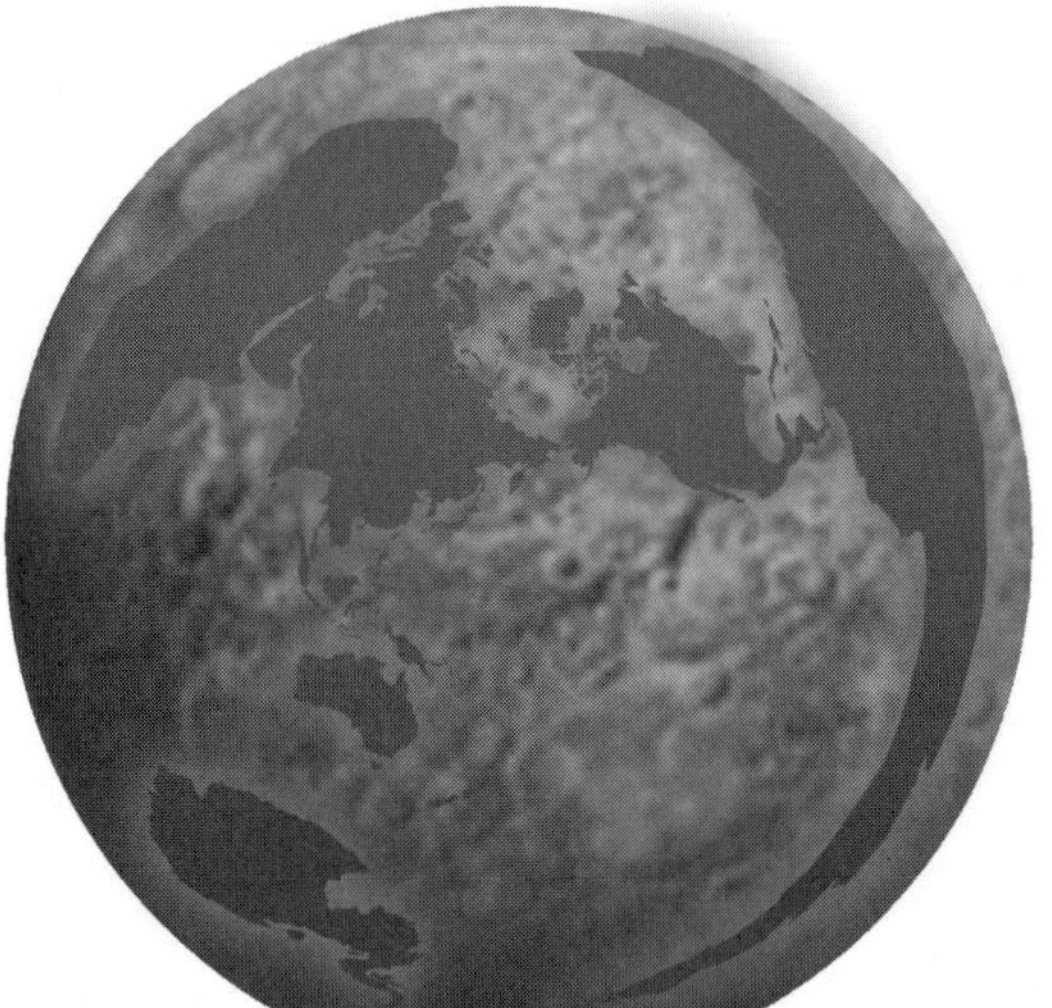

創英社／三省堂書店

目次

第一章

南極海巨大津波

高校物理学教師・小栗慎一

二〇一九年八月、恐るべき熱暴走が、ついに赤道直下の海域ではじまった。温室効果ガスの主役が、微量の「二酸化炭素」から無尽蔵の「水蒸気」へとバトンタッチされた。地球の温暖化の進行速度が数百倍にも速まったのだ。

この熱暴走こそが、太古の金星を今日の灼熱の惑星に変えてしまった元凶である。この自然現象は、人類の手には負えない。その行き着く先は、地球の灼熱化しかない。人類絶滅の序曲が不気味に奏でられはじめた。

あれは、地球・熱暴走の開始に先立つこと一年半ほど前のことだった。年が改まって早くも、一月半ほどがすぎた二〇一八年二月一二日のことだった。小栗慎一は、いつものように、勤務先の東京都・中央区の月島黎明工業高校の門をくぐった。彼は、そこの物理学教師だった。五〇の大台の声も聞こえはじめた四七歳であった。

二〇年ほど前であれば、その日は厳冬の真っ只中のはずだった。しかし、年々進んできた暖冬のせいで、その日は、もう、三月初旬を思わせるようなぽかぽか陽気だった。かつては雪国といわれた地方では、雪不足のため廃業に追い込まれるスキー場が続出した。かわって、都市近郊の屋内スキー場が活況を呈していた。榛名湖をはじめ、内陸各地の氷上ワカサギ釣りは、昔話になってしまった。すっかり定着してしまった暖冬のせいで、湖面に氷が張らなくなったからだ。

今年も、大根、白菜、キャベツなどの冬物野菜の値段が暴落していた。暖冬のせいで、育ちすぎたのだ。内陸部の農家は、しみ豆腐を作るのに冬場に冷凍庫を利用するようになった。暖冬のせいで、屋外でも凍らなくなったからだ。桜の開花時期が去年にもまして早まるとの見通しが強まっていた。国内旅行各社は、三月の花見ツアーの日程の前倒し作業に大わらわだった。

最近、とみに進んだ地球温暖化のせいで、マラリア、デング熱、西ナイル熱など、蚊を媒介とする伝染病が、国内でも流行するようになった。どれも、かつては、熱帯特有のものと考えられていたのだが。今年も、そろそろ、殺虫剤の売り上げが急増しはじめる頃だ。越冬するようになったのは、蚊などの昆虫だけではない。海水温が上昇したせいで、黒潮とともに北上してきた熱帯魚が東京湾の浅場で越冬するようになった。見慣れない色鮮やかな小魚をそこかしこに目にするようになった。

これも、温暖化と関係するのであろうか？　北海道では、一月に巨大な竜巻が発生し、東京では二月に雷が鳴った。去年は、五月はじめに東京で雪が降り、一二月初旬に日本近海で台風が発生した。そんな異常気象が、全国で頻発していた。これが、一年半後にはじまる地球・熱暴走の前兆であったなどとは、誰一人として夢想だにできなかった。

小栗の学校のある月島は、現在の隅田川の東岸の佃島の隣に、明治半ばから昭和初期にかけて造成された埋め立て地だ。明治二五年、東京湾澪浚《みおさらい》計画が開始された。東京湾の浚渫と、そこから出る土砂で埋め立地を造成するという計画だった。その年、最初の造成地として月島一号地が完成した。現在の月島一丁目から四丁目にかけての界隈だ。そんないきさつから、何となくロマンチックな響きを漂わせる月島という地名は、「築島」に由来すると言われる。ちなみに、月島二号地、三号地は、隅田川の河口側に隣接する現在の勝どきで、四号地は、東京湾の沖側に隣接する晴海《はるみ》だ。月島は、鉄工業地帯として産声を上げた。明治半ばの富国強兵の国策に沿ったのだ。

勝鬨《かちどき》橋は、東京湾に注ぐ隅田川の河口を跨いで、東岸の勝どきと西岸の築地とを結ぶ全長およそ三〇〇メートルの橋である。隅田川の最も下流にかかる橋として、太平洋戦争直前の一九四〇年に完成をみた。それ以前には、両岸の築地と月島とが隅田川を行き来する渡し船で、結ばれていた。そんな築地の渡船場が、日露戦争の戦勝にあやかって、「勝鬨の渡し」と命名された。その後、この渡しにかわって新しく完成した橋が、この由緒ある「勝鬨」の名を襲名することになったのだ。この橋は、中央部分が上下に開閉して大型の船舶を通したモダンな橋として世の脚光を浴びた。今は、その機能を停止している。

時が流れ、戦後は、沖合に大規模なゴミなどの埋め立て地が造成された。現在の江東区豊洲、夢の島、辰巳、東雲《しののめ》、有明、青海《あおみ》、港区台場があい次いで完成した。その後、地下鉄有楽町線が月島、豊洲、辰巳を通って新木場まで延び、都営地下鉄大江戸線の月島駅と勝どき駅が開業した。さらに、沖合の有明、青海に東京臨海高速鉄道りんかい線が開通した。これは、ＪＲ京葉線の新木場から、京浜東北線の大井町を通って、山手線の大崎までを結ぶ路線である。このりんかい線は、その後、渋谷、新宿、池袋を通って埼玉県の川越方面に延びるＪＲ埼京線に接続された。

首都高速湾岸線や、レインボーブリッジも完成し、ゆりかもめも開通した。その頃から、月島、勝どき界隈は、都心に隣接した臨海部として発展の一途をたどり、高層マンションが、次々に建設された。そんな近代化が進む一方、昔ながらの庶民的な居酒屋やヤキトリ屋も多く、伝統的な庶民の町の風情とモダンさとがいり混じった独特の雰囲気を醸しだしている。「西仲通商店街」には、最盛期には五〇軒ものもんじゃ焼き屋が軒を連ねた。地元の人は、そこを、「月島もんじゃストリート」と呼んだり「西仲」と呼んだりする。

勝鬨橋の上を走る晴海通《はるみどお》りは、東京湾の埋立地の東雲を起点に、豊洲、晴海、勝どきを通り、隅田川を跨いで築地に到る。そこから、銀座四・五丁目、有楽町を経て、警視庁のある桜田門の少し手前の祝田橋で、内堀通りと、霞が関に隣接して走る祝田通りとに連絡している。

南極海巨大津波

現地時間二〇一八年二月一一日。南極大陸で、巨大な氷床の崩壊と、海中への滑落による大津波が発生した。

これは、南極大陸の西岸からアルゼンチンの南端に向けて延びる南極半島のあたりで発生した。季節は、現地の真夏であった。南極の氷は、広大な大陸を覆う一枚の巨大な陸氷である。その厚みは内陸部では四五〇〇メートルにも達し、臨海部では数百、数十メートルにも薄くなる。氷床は、内陸部の部厚くて重い塊が発生する強大な押圧力によって外側へと押し出され、臨海部の低地へと流れ下る。まさに、流れ続ける氷の河だ。近年、加速度的に進んだ温暖化のため、内陸部では上空の水蒸気の量が増加し、冬期の降雪量が増えて氷床の厚みが増した。

　逆に、南極点から遠く離れた臨海部では、奥地の寒冷な気候の緩みが温暖化で加速され、氷床の融解が速まった。その結果、内陸部からの氷床の流れが速まり、臨海部の氷床が不安定な状態になっていた。特に、南緯六五度付近の南極半島付近では、氷床の表面に溶け出した大量の水が流れる大小無数の川が形成された。表面の窪地には付近の川から流れこんだ水が溜まり、大小の湖沼が表面のそこかしこに形成された。水が流れ込んだ氷床の亀裂に沿って、ムーランと呼ばれる縦穴が、いたる処に形成された。この縦穴から流れ込んだ大量の水によって氷床の底面が溶かされ、巨大なアーチ型の空洞がいたる処に形成された。これらの空洞によって薄くなった氷床の表面部分は、傾斜面で加えられる巨大な押圧力や、引っ張り力に耐えきれなくなり、いつなんどき崩壊してもおかしくない不安定な状態にあった。

　この脆弱な氷床が、遂に崩壊した。まず、後方からの引っ張り力を失った前方の氷床が海岸に向けて一斉に滑べり出した。続いて、前方の支えを失った後方の氷床も、あとを追うように一斉に滑りだした。崩壊した氷床によってできた無数の氷塊がコロの役目を果たした。同時に、ムーランから流れ込んだ底部の水が潤滑油の役目を果たした。滑りだした氷床は、猛烈な勢いで海中に突っ込み、海面に、波高二〇メートルほどの巨大な津波を発生させた。その時刻は、後に、現地時間の二月一一日の午前二時六分頃、日本時間では一一日の一六時六分前後と推定された。

この氷床の崩壊と滑動が引き金となり、その三時間半後に、前方の支えを失ったエルスワース・ランドの巨大な氷床が滑べり出した。これは、東側に隣接する標高四八九七メートルのビンソン・マシフ山の山麓の急斜面に広がる巨大な氷床であり、猛烈な勢いでベリングスハウゼン海に雪崩れ込んだ。波高四〇メートルほどの第二波の巨大な津波が発生した。

第一波と第二波からなる巨大な津波が、平均深度四三〇〇メートルの太平洋上を時速七〇〇キロメートルほどのジェット機なみのスピードで伝搬した。西半球から東半球へ、そして南半球から北半球へと、太平洋上を北北西の方向に斜めに縦断した。日本までの距離は、地球の半周分に少し欠ける一万八千キロほどで、二五時間後には日本列島を襲う勘定であった。この経路は、地震の発生から二二時間半後に三陸海岸を襲った一九六〇年のチリ地震津波のものと類似していた。

南太平洋諸国では、臨海部の大都市に電力を供給する沿岸部の火力発電所や、変電所が、真っ先に破壊された。広域にわたる大停電が発生した。闇の中で津波に襲われた臨海部の住民は、パニックに陥った。各種の観測装置、通信装置に対するバッテリー利用のバックアップ用電源システムも、浸入した海水に浸かって使用不能になった。海外への通報どころか、被害を免れた自国の内陸部との連絡さえも、長時間にわたって途絶した。

各地の海底に設置されていた波高計測システムの多くは、海底ケーブルの揚陸箇所を中心とする浅場の海底で破壊された。何といっても、津波の規模は予想外であった。かろうじて無線通信装置の緊急な復旧作業を終えた各地から、ハワイの太平洋津波警報センターに続々と情報が入りはじめた。その頃になると、地震を伴わない断層の滑動がチリ沖で発生したらしいとの観測が強まった。その時、巨大津波は、日本まであと六時間ほどの距離に迫っていた。

第一波は、波高七メートルほどの南極半島津波として、薄暮の時間帯の日本の太平洋岸を襲った。その三時間半後、ほぼ二倍の規模のエルスワース・ランド津波が、波高一三メートルほどの第二波として日本の太平洋岸を直撃した。冬の日もとっぷりと暮れた時刻であった。

東京湾、大阪湾をはじめとする太平洋岸の臨海部では、浅い湾内や、遠浅で波高が平均二倍ほどに増幅された。まず、波高一四メートル前後の第一波、その三時間半後には波高二六メートル前後の第二波となって上陸した。日本の太平洋岸の主要な臨海部は壊滅的な被害を受けた。

奄美、沖縄、九州、四国など関西以南では、幸いにも甚大な被害は免れた。この大津波は、日本列島に接近するにつれて、黒潮の巨大な流動エネルギーによって次第に北方に押し上げられたからだ。結果的に、関西以北の地域に被害が集中した。

死者の推定総計は東京湾岸だけでも一〇〇万人を超え、全国の総計では四〇〇万人を超えると推定された。負傷者の数はその何倍にものぼった。気象庁はこの津波を、「南極海巨大津波」と命名した。しかし、多くの市民は、これを「南極大津波」や、「南極津波」などと略称した。

南極海になだれ込んだ陸氷は、巨大な津波を起こしただけではない。この巨大な陸氷が押し退けた大量の海水によって、世界中の海洋の海面水位が一挙に五メートルあまりも上昇した。この海面の上昇の結果、新たに海水に浸かりはじめた南極全域の棚氷と東岸の陸氷が大量に溶け出し、世界中の海洋の水面がじわじわと上昇し続け、最終的には七メートルにも達した。

ちなみに、南極大陸の陸氷の面積は、日本列島の面積の四〇倍ほどもある。これが全部溶けて海に流れ込むと、地球上のすべての海洋の水位は六〇メートルほど上昇する。その上、グリーンランドの陸氷がすべて溶けると、海面水位がさらに一〇メートルほど上昇する。

このような南極の氷床の崩壊に伴う巨大な津波の発生と、海面の大幅な上昇については、世界中の多くの学者が前々から警告を発してきた。

イギリスの地理学者アン・ヘンダーソン・セラーズもそんな一人であった。彼女は、およそ九万五千年前、地球の海面水位が一五〜二〇メートルも急上昇したのは、この南極の氷床の崩壊が原因であったとする学説を唱えた。氷河期から間氷期に向かう時期に進む急激な温暖化で、内陸部の冬の降雪量が増加し、厚みを増した氷床の東岸部分が、突然滑りだして海中になだれこんだと主張した。彼女は、南極大陸西岸の氷床の大規模な滑動が数十年以内に起こる恐れがあるとも警告していた。その氷床が、南極大陸西岸からアルゼンチンにかけて海洋に伸びる南極半島と、その先の群島の支柱の上に乗った不安定な状態にあったからだ。

オハイオ州立大学・極地研究所のジョン・マーサーは、西南極氷床が崩壊して、海面水位が五～六メートルも急上昇する危険が目前に迫っていると、警告を発してきた。これは、一万五千年前の氷河期の末期にも起きたと言われる。

日本環境会議の高木善之氏は、南極の巨大な氷床が海中になだれこむ際に発生する波高四〇～五〇メートルもの巨大な津波が日本を襲い、目を覆うばかりの惨状を引き起こす恐れがあると、もう二〇年も前から警告してきた。

まさに、これらの警告が、現実のものとなったのだ。

津波警報

二〇一八年二月一二日月曜日。

二時限目。小栗は、二年の物理のクラスの教壇に立っていた。授業がはじまって、しばらく経った頃だった。生徒達が急にざわつきはじめた。パトカーがサイレンを鳴らして走りまわる街の異様な様子が、教室の中まで伝わってきたからだ。救急車も混じっていたかも知れない。けたたましいサイレンの合間に、スピーカの声も聞こえて来たが、内容は聞き取れなかった。

「また、火事か？」

小栗は呟いた。つい先日も、そんなことがあったばかりだった。暖冬だと、かえって、火の始末に油断が生じるのであろうか。生徒たちは、もう興奮し始めている。生徒たちにしてみれば、無理もない。火事であれ何であれ、こむずかしい物理の授業よりは、事件の方が嬉しいのだ。

ほどなく、校内放送のアナウンスが響いた。

「教職員は全員、大至急、職員室へ集合して下さい。生徒はその場で待機すること！」

いつもの放送部員ではなく、男性の体育担当の橋本先生の声だった。小栗は、興奮で目を輝かせはじめた生徒たちに自習を言いつけて、教室を後にした。階段を小走りに駆け降りて、一階の職員室へと急いだ。

早くも、鈴木和之校長以下一〇人ほどの教職員が、テレビの画面を食い入るように見つめていた。

「午前一一時一七分、気象庁は、日本列島の太平洋岸に、津波注意報を発表しました。かなりの規模の津波が予想されます。海岸や河口には絶対に近づかないよう、注意して下さい。詳細な規模や到達予想時刻につきましては情報が入り次第お知らせします。今後のニュースには、十分にご注意下さい」

アナウンサーが、興奮で上気した面持ちで繰り返していた。小栗は腕時計に目をやった。一一時四二分を指していた。

「本校としては、どうしたもんだろうか？」

校長のその一声で、集まっていた教職員たちは堰を切ったように発言しはじめた。しかし、彼らの議論は空転するばかりであった。そもそも、津波の規模や、到達予想時刻など、肝心かなめの情報を欠いていたからだ。かなりの規模といっても、数十センチなのか、数メートルなのか。つい先日も、北海道の根室の沖合で海底地震があり、三〇センチほどの津波が押し寄せるとの予報が発表された。実際に到達したのは数センチほどだった。そんなこともあってか、規模や到達予想時刻の発表については、慎重を期したのかも知れない。

そんな津波注意報は、前代未聞の異様な内容だった。事情通であれば、そんな内容から、気象庁の内部で現在起きている大混乱のほどが、想像できたであろう。無理もない。海底地震を伴わない津波など、気象庁はじまって以来、一度も起きたことがない前代未聞の珍事なのだ。しかし、その可能性もゼロではない。海底地震を伴わない断層の滑りの起きた痕跡が、最近、海底の古代の地層から発見されたばかりだからだ。そんな稀な現象は、起きるとしても、数千年に一度ほどの頻度と分析された。

ましてや、南極の氷床の滑落による津波の発生などは、一〇万年に一度ほどの頻度でしか発生しない大珍事だ。これは、氷河期から温暖な間氷期に向かう時期に繰り返されてきた現象だ。最近のものは、もう一万年ほど前に、間氷期がはじまった頃に起きたばかりだ。そんな希有な事態に備えるため、貴重な人材と予算を割くだけの余裕は、気象庁にはない。近海の海底地震によって発生する津波への警戒に、全力を傾注しなければならないからだ。それこそが、明日にでも起きかねない最優先の警戒対象なのだ。

冬季の今じぶん、生物の観察実習で近場の海岸に出かけているクラスもない。まず、区の教育委員会に問い合わせるべきだと言う者、都の教育課に指示を仰ぐべきだと言う者、国土交通省・海岸防災課、気象庁、消防庁、海上保安庁に問い合わせるのがよいなど、議論は百出し、錯綜し、すれ違い、紛糾した。日頃の縦割り行政のせいで、国民はこういった場合の問い合わせ先に疎いのである。

鈴木校長は、この紛糾した議論を何とか収束させようと、いつになく大声を張り上げてこう結んだ。

「今のところ、発令されたのは津波注意報で、ランクの高い津波警報ではない。おまけに、総務省から避難命令が発令されたわけではない。もうしばらく様子を見よう。その間に、最寄りの消防署、警察署などに連絡して情報を集めよう」

鈴木校長以下の職員は、予想される波高が〇・五メートル程度、二メートル程度、三メートル以上の津波に対して、それぞれ、津波注意報、津波警報、大津波警報が気象庁から発表されるという仕組みや、避難命令ではなく避難勧告が、総務省からではなく市町村の自治体から発表されるという仕組みには、通じていなかったのだ。

小栗・避難ルートを提案

午後二時一二分、突然、テレビが最新の津波情報を流し始めた。

「本日午後二時七分、気象庁は、北海道、本州、四国、九州、沖縄地方の太平洋岸の全域に大津波警報を発表しました。高さ一〇メートル前後の大津波が日本全域の太平洋岸と海峡に到達する恐れがあります。到達予想時刻は、宮古島・沖縄・奄美が午後四時一〇分頃、九州と四国が四時二五分頃、中国・関西が四時三五分頃、中部・東海が四時四五分頃、関東南部が四時五五分頃、関東北部・東北南部が五時二五分頃、東北北部が五時四〇分頃、北海道南部が六時五分頃、同じく北部が六時三五分頃と推定されます。

なお、これらの到達予想時刻は、あくまでも目安にすぎません。地域によって早まる恐れも十分にあります。今後のニュースには、引続き十分にご注意ください。ただ今入りましたニュースです。太平洋岸の各自治体から、住民に避難勧告が発表されました。太平洋と海峡の沿岸部のすべての住民は、直ちに海岸から離れて内陸部の高台へ避難して下さい。海岸には、絶対に近づかないようにして下さい。繰り返します……」

続いて、テレビは、首相官邸に災害対策本部が設置されたこと、自衛軍（旧自衛隊）の全部隊に災害出動命令が発令されたことなどを報じた。

小栗は、予想される津波の規模もさることながら、避難勧告の対象地域が広域にわたっていることに、度肝を抜かれた。

「一体全体、どこで何が起こったのか。並の海底地震なんてもんじゃない。地球規模の異変か？　日本各地の到達予想時刻から推定すると、日本から遠く離れた海域で大規模な海底地震でも起きたようだ。各地の緯度の差のわりには、到達予想時刻がずいぶんと接近していた。これは、東南の方角だ。チリ地震津波の再現か？　そんな海底地震があったという報道は、なかったようだが。それとも、抜き打ちの訓練か？……いや、それはあり得ない。全国規模の訓練では、経済的な損失だけでも、何兆円にもなるはずだから。下手をすれば、それこそ死人だって出るだろうし」

「小栗先生。わが校としては、どこに、どうやって避難したもんだろうか？　内陸部の高台というと……どこら辺がよいだろうか？」

鈴木校長は、今度は、わざわざ小栗を指名して尋ねた。先ほどのような議論百出の二の舞を避けようと、配慮したのであろう。小栗を含め教職員の誰も、そんな本格的な津波を体験した者はいない。何しろ、波高一〇メートル前後と言えば、三階建ての校舎を難なく呑みこんでしまうほどの高さである。国語が専門の鈴木校長は、津波も物理現象の一つと考えて、物理担当の小栗に助言を求めたのであろう。それに、小栗は、若い頃は山岳部の指導教官として、屋外活動にも熱心な教師でもあった。

一刻を争う時である。万事に控えめな小栗も、若手の地理の渡辺先生を立てている余裕はなかった。彼はとっさにこう答えた。

「まず、交通機関の利用はなるべく避けた方がいいでしょう。こんな報道の後では……パニックの発生が必至でしょうから。特に、地下鉄の有楽町線や、大江戸線の利用は念のため避けた方がいいでしょう。万一、人身事故などで、地下で立ち往生でもされたら……それで一巻の終わりでしょうから。バスやマイカーも避けるべきでしょう。交通渋滞に巻き込まれるのは、目に見えています。こんな時、一番頼りになるのは自前の脚です。内陸部の一番近い高台を目指して徒歩で避難しましょう。中央区の方がいいでしょう。江東区は低すぎます。それに、隅田川や荒川に近すぎます。」

「JR有楽町駅までは、ここから晴海通りに沿って三キロ弱です。そこから、晴海通りと内堀通り沿いに一キロ半ほど行くと、永田町の国会議事堂正面の高台です。標高は二六メートルほどです。そこが、ここから一番近い内陸部の高台です。そこまで逃げおおせれば、まずは……一安心でしょう。津波の到達予想時刻は四時五五分頃ということなので……**まだ二時間半**ほどあります。これだけあれば、四キロ半ほどの距離を十分に踏破できるでしょう。道路の混雑ぶりや……一年生の女生徒の脚力を勘定に入れてもです。」

昔、江戸城の大手門のすぐ近くまで海であったことからも分かるように、中央区は江戸期三百年間の埋め立てによって造成された広大な低地である。小栗が避けた江東区、墨田区、江戸川区などの下町は、荒川の両岸に形成された太古の沖積平野であった。しかし、帝都東京以来、地下水の過剰な汲み上げによって地盤が沈下し、ゼロメートル地帯と言われる広大な低地に変わってしまったのだ。

全国どこの地域についても、国土地理院から縮尺五万分の一や、二万五千分の一の地図が発行されている。それらの地図には、二〇メートルあるいは、一〇メートル間隔で等高線が描かれている。しかし、東京や大阪などの大都会の場合、人工の建物があまりにも密集しすぎてしまったため、肝心な等高線は、ほとんど読み取れなくなった。そのせいか、東京、大阪をはじめ、大都会の地形の凹凸を大系的に把握している人は少ないようだ。

パニック

生徒の多くは、内陸部の他区からの通学生であった。彼らは、小栗の提案した晴海通りに沿って、クラスごとの集団にまとまって、国会議事堂前の高台に避難することになった。生徒の中には、地元の月島、佃、晴海や、近隣の豊洲や新木場など江東区からの通学生も混じっていた。そんな生徒たちの中には、まず、家族と合流して一緒に避難したいと希望する者がいた。彼らは、幼い弟や妹や、年老いた祖父母のことが気がかりだった。

学校としては、そんな彼らの希望を無下に拒む訳にもいかなかった。彼らには、集団での避難行動に加わらずに、個々に帰宅する選択肢が与えられた。小栗は、別行動の生徒を集めて、よくよく言い含めた。

「なるべく交通機関に頼らずに、自前の脚で避難すること。万一避難に手間取って危険が迫ったら、最寄りの高層建築物の最上階に逃げ込むこと。生死にかかわることだから、遠慮だけは絶対にしないように」だった。

月島黎明工業高校は、年々加速する少子化の影響で一学年が四クラス、三学年合わせても一二クラスの編成であった。女子生徒も多く、情報工学科など、女子が過半数を数えるクラスもあった。地元の生徒が抜けたあとの一クラスの人数は二五人ほどで、担任の教諭が引率することになった。体育担当の橋本教諭のとっさの機転で、制帽のない女生徒全員は、白い運動帽の着用を命じられた。毎年、秋の運動会で使うもので、目印のためであった。

この総勢三〇〇人ほどの生徒の集団を、鈴木校長以下二六人の教職員が引率して校舎を後にした。その年、たまたまクラス担任を外れていた小栗は、橋本教諭など数人の若手の男性教師に混じって集団のしんがりに陣取った。クラスから落伍したり、はぐれたりした生徒を、制帽や季節外れの白い運動帽を目印に拾い上げてゆく大事な役回りであった。時計の針はすでに、三時八分を指していた。逃避行に許された時間は、**あと一時間五〇分**ほどになっていた。あれやこれやの支度に、貴重な時間を四〇分も費やしてしまっていた。

狭い月島橋をようやく渡り終えて、晴海通りに出ると、案の定、もう大渋滞が発生していた。車道の渋滞もひどかったが、それに負けず劣らず歩道の混雑も大変なものだった。

何といっても、晴海通りを渡って少し行った勝鬨橋の歩道の混雑がひどかった。橋の両側の歩道はそれぞれ幅がわずかに二メートルほどだ。おまけに、都心の築地方面から月島方面へと逆行してくる人々が、予想外に多かったからである。自宅に残してきた、子供やお年寄りなどの家族に合流する肚づもりだったのであろう。

行き先が逆の二つのグループは、橋の狭い歩道の上で、まるでアメリカン・フットボールの選手さながらに、激しくぶつかり合った。そうこうしながら、数メートルずつ距離を刻んでいくという有り様だった。そんな中、足手まといになった自転車をあたりかまわず乗り捨てる避難者が続出し、歩道の混雑をいやが上にも煽った。これほどの混雑ぶりとは、小栗も思いも寄らなかった。両側の歩道を一方通行にすれば、スムーズに流れるなどと考える気持ちのゆとりさえなかった。それが、パニックと言うものだ。やっとの思いで勝鬨橋を渡り終えた時は、もう三時五〇分を回っていた。

あと、六五分。小栗は、突然、いいようのない不安に駆られた。

「徒歩での避難は、無謀ではなかったか……車道はともかく、歩道の混雑がこれほどだったとは……目指す議事堂前のあの急な登り坂が、す～っと遠のいて行くように感じられた。学校界隈の高層建築物に分散して避難させて貰うべきではなかったか」

小栗は、忸怩《じくじ》たる思いに苛まれ、居ても立ってもいられないほど大きな焦燥感に駆られた。

小栗の一行が橋から離れて築地に進むと、歩道の幅は三メートルほどに拡がった。しかし、混雑はますますひどくなった。あたりかまわず放置された自転車や、歩道にせり出した店舗も多く、おまけに、早くも、年度末恒例の道路工事がそこかしこで繰り広げられ、立入り禁止の柵で囲まれていたからだ。小栗は、人混みをかき分けて何とか集団の先頭に追いつき、鈴木校長にこう進言した。

「晴海通りは混雑がひどすぎます。一向にはかどりません。みゆき通りを行ったらどうでしょうか」

「実は、渡辺先生や小林先生からもそんな提案があって、そうしようかと思ってたところなんです」

鈴木校長はそう言って、即座に賛成した。みゆき通りは一つ新橋寄りの裏通りである。

見捨てられた（?）老婦人

生徒の集団の最後尾がやって来るのを、その場で待っていた小栗は、白髪を振り乱した年輩の女性に気付いた。歳の頃は八十前後であろうか？　片足がはだしで、しきりに何かを探している。近づいて尋ねてみると、片方の靴が誰かに踏まれて脱げてしまい、それを探しているとのことだった。白内障をわずらって以来、良く見えないのだと彼女はしきりにぼやいた。小栗も一緒に探して見たが、駄目だった。逃げ急ぐ人達に、次々と蹴られて、遠くまで飛ばされてしまったのだろう。

「『菅原さんのおばあちゃん、一緒に逃げましょう！　連れていってあげますよ！』そう、ご近所の人たちが、何人も親切に声をかけてくれたんです。でも……息子夫婦が南麻布まで配達に出ていて……帰りがまだだったんです。それで、誘いをみんな断って、店で息子夫婦の帰りを待っていたんです。息子の携帯を何度も呼び出したんですが……息子からの電話もなかったんです。どうやら、逃げ後れてしまったらしいと気がついて……一人で、何とか、ここまで逃げて来たんです」

菅原とおぼしき名前の彼女はそう語った。その間にも、道を塞いでいる二人を、「じゃまなんだよ！」などの悪態とともに小突きながら、多くの人たちがスリ抜けて行った。そのたびに、菅原さんの小さな身体が、右へ左へと毬のように弾んだ。

そうこうしているうちに、生徒の集団の最後尾が追いついて来た。屈強な橋本先生は、早くも落伍したらしい小柄な女生徒をおぶっていた。逃げ急ぐ人たちにつき飛ばされて転んだ拍子に、足首を捻挫して歩けなくなったのだという。いくら非常時とはいえ、そこは、やはり思春期の女の子である。若い異性の橋本先生の背におぶわれた恥ずかしさに、今にも泣きべそをかきそうな顔をしている。怒っているようにも見える。こんな恥ずかしい思いをしなければならない自分の不甲斐なさを、責めているのであろう。

小栗は迷いに迷った。菅原さんを連れて行くべきか。連れて行くとすれば、背負わなければならない。どうやら、足元も覚束ないようだから。しかし、いつ何どき生徒を背負うことが必要になるかも知れない。その時に備えて、身軽にしておかなければならない。彼女のことは、彼女自身の運命に委ねるしかあるまい。そう決めて、歩き出したはずの小栗であった。気がつくと、いつのまにか彼女を背負っていた。

「生徒をおぶわなければならなくなるその瞬間まで、彼女をおぶって行こう。その時が来たら、その場に置き去りにしよう。心を鬼にして。教師としては、親から預かった生徒の保護が絶対の使命なのだから。例えそうなっても、ここに置き去りにするよりは、随分とましなはずだ」小栗は、とっさに、そう妥協したのだった。

鈴木校長に率いられた生徒の集団は、京橋郵便局の角に沿って曲がり、新橋方面に一つ寄ったみゆき通りへと針路を変更した。それは、晴海通りと平行に走る裏道だった。前方左手に新橋演舞場のビルが見えた。菜巫橋《うねめ》から見下ろすと、首都高都心環状線のひどい渋滞ぶりが見えた。小栗は、ちらと腕時計を見た。**あと三二分**であった。

背中の菅原さんは、「小栗先生。すみません……ほんとに、すみません」と、くどいほど何度も何度も繰り返した。その合間に、

「たかひろ達に何かあったに違いない。でなければ、電話もなく、母親を迎えにも来ないはずがない。近所でも評判の孝行息子なんだから。このままでは、死ねない！」

と、自分に言い聞かせるように呟いた。時折、

「たかひろと仲直りしてからでなければ……うちの人に合わせる顔がない。うちの人が早くに逝ってしまったんで、あの子にまで苦労させてしまって……」

とも呟いた。何でも、今朝方、息子夫婦とつまらないことで口論をしてしまい、そのせいで冷たい仕打ちを受けたのではないかと、ずんぶんと心配していたようだ。まるで、いつ襲って来るかも知れない恐ろしい大津波よりも、その方が重大な関心事であるかのようだった。

「こんな時です、渋滞で車も走れません。電話もつながりません。何も、心配すること

はありませんよ。息子さんは、お婆ちゃんが近所の人に連れられて、無事避難したと思っているでしょう」

小栗は、そのたびに、同じ言葉で慰めるしかなかった。

その頃になると、晴海通りと直角に交わる昭和通りなどの幹線道路も、渋滞がいっそうひどくなった。避難をあせるドライバーの中には、車をその場に乗り捨てて最寄りの電車や地下鉄の駅に走る人が出はじめた。放置された無人の自動車が車道を塞ぐことで、車道の渋滞はますますひどくなった。ドライバーは、積もり積もった焦燥感を爆発させるかのように、些細なことにも、けたたましくクラクションの音を鳴り響かせた。中には、車から降りて、取っ組み合いの喧嘩をはじめるドライバーも出はじめた。

そのおかげでと言えば、そう言えるだろう。小栗の一行は、走りをほとんど止めた車列と、クラクションの洪水の合間を縫って、赤信号も無視して、車道を強引に横断できたのである。

ようやく、あと少しでＪＲ有楽町駅という中央通りに到着した時には、すでに四時四二分を回っていた。女生徒を背負った橋本先生も、菅原さんを背負った小栗も、かなりの疲労を覚えはじめていた。

「あと一三分……いや、それはあくまでも予想にすぎない。実際には、今すぐにでも、襲って来るかも知れない。なにしろ、四時五五分というのはおおよその予想にすぎないのだから。議事堂正面までは、まだ二キロ近くもある。逆立ちしても無理だ。そろそろ、日没の時刻だ。あたりは、直ぐに夕闇につつまれはじめるだろう。最寄りの高層デパートに避難しよう。事態はもはや一刻を争う」

鈴木校長以下小栗たち教師団は、そう意を決した。

すでに臨時閉店になっていた村田デパートの正面玄関で、最後のシャッターが降ろされようとしていた。パニックに陥った避難者が駆け込んで来て、店内を荒らしたり、どさくさに紛れて商品を持ち去るような不祥事に備えて、早めに手を打ったのだろう。何よりも、扉を固く閉ざすことで、店内への浸水を少しでも防ごうという肚づもりもあったのだろう。

ある英断

小栗は、背中の菅原さんを放り出さんばかりに乱暴に降ろして駆け寄ると、下降中のシャッターを右肩で受け止めた。右肩に激痛が走った。菅原さんの重みで疲れ切った膝が折れ曲がり、もう少しで床に崩れ落ちそうになった。シャッターは、かろうじて非常停止した。そんな小栗の姿は、大空を支えて仁王立ちとなった、あのギリシャ神話の巨人アトラスの雄姿を彷彿とさせたに違いない。小栗は、慌てふためく店員たちに大音声でこう呼ばわった。

「中に避難させて下さい！　お願いします！　月島黎明工校の生徒達です。ご覧の通りです。女生徒も大勢います。水が引くまでの間だけです。われわれ教師が、責任を持って引率しますから！」

シャッターを降ろしていた若い男性店員たちは、当惑の表情を浮かべて顔を見合わせた。その中の一人が、警備主任と呼ばれる年配の人物を連れてきた。

小栗は、その頭の禿げあがった精悍な顔つきの警備主任に、こう懇願した。

「生徒たちが危険です！　溺れ死なないにしても、この冬の寒空、全身ずぶ濡れになるだけでも、路上では……凍死してしまいます。もう、一刻の猶予もありません！」

後から思うと、その時の小栗は、じきに襲ってくるであろう津波の本当の恐ろしさを、まだ分かっていなかったのだ。鈴木校長も、躊躇する警備主任を必死に説得した。

「この店は全国的にも有名な老舗《しにせ》です。生徒たちを見殺しにしたとあっては、お店の看板に傷がつくでしょう！　お客あってのあなた方でしょう！」

警備主任は、答えるかわりに、手にした携帯電話をしきりに操作して、誰かに連絡を取ろうとしていた。小栗は、キーを押す彼の無骨な指先が微かに震えているのに気が付いた。小栗の時計は、ちょうど**四時五五分**を指した。到達予想時刻だった。

「上司を呼び出しているに違いない。まさか警察ではあるまい。」

彼の実直そうな表情から、小栗はそう直観した。電話はなかなか繋がらなかった。家族、知人、会社との連絡をあせる発呼が局に殺到し、回線がパンク状態になっているに違いない。小栗の時計は、到達予定時刻を**五分過ぎ**ていた。

「早く！　早く！　早く！」

小栗は、焦燥感で居ても立ってもいられず、思わず地団駄を踏んでいた。

「やはり駄目か。よし！　こうなったら、奥の手だ！」

小栗はそう肚を決めた。それは、橋本先生など同僚の手を借りて、力ずくでも店内に入り込むことであった。何事も生徒の命にはかえられないからだ。小栗は、柔道・剣道・空手合わせてちょうど十段という、ちょっとした猛者《もさ》なのだ。と、その時、

「分かりました……どうぞ／お入り／下さい」

警備主任は、意を決したように、音節をしっかりと区切りながら確固とした口調で、鈴

木校長にそう伝えた。まるで、自分に言い聞かせているかのようでもあった。どうやら、上司の許可を諦めたらしい。シャッターが上がりはじめた。生徒たちは、

「やったー」

などと歓声を挙げながら、無人となっていたデパートの階段を、先を争って上へ上へと駆け上がって行った。最後の力を振り絞り、桟を乱して。小栗の

「一番上まで行けよ！」

という大声を背中で聞きながら。

その場のやり取りを固唾を呑んで見守っていた一般市民も、雪崩を打ってこれに続いた。その後を、女生徒をおぶった橋本先生や、菅原さんをおぶった小栗たちが続いた。到達予想時刻を**一七分過ぎ**ていた。

その時、警備主任が下したその決断は、彼の権限の範囲をはるかに超えたものだったに違いない。それは、店長、いやもっと格上の経営首脳陣にしてはじめて下せるような重大な決断だったからである。その警備主任は、まかり間違えば、罷免はおろか、巨額の損害賠償の責任さえ追求されかねない危険性を、十分に認識していたに違いない。それを覚悟の上で、その英断を下したのであろう。小栗も鈴木校長も、口をへの字に結んでこわばら

せた警備主任のそんな表情から、そう確信した。

高橋と名乗ったその警備主任は、その夜、三二六人の生徒・教職員一堂と、その後に続いた五〇〇人あまりの避難民にとって、命の恩人となったのである。何故ならば、そのほぼ**九分**後、五時二一分、波高一四メートルの巨大な津波が、隅田川から築地に上陸したからである。

津波は、巨大な水の壁となって晴海通りや、その裏通りを埋め尽くした車両と、歩行者の群れとを断末魔の悲鳴とともに呑み込みこんだ。ビルに叩きつけられてひしゃげた車から脱出できなくなり、多くのドライバーが中で溺れ死んだ。猛烈な勢いでビルに叩きつけられた歩行者は、溺れる暇もなく内蔵破裂で即死した。この巨大な津波は、村田デパートにも襲い掛かった。もし、津波が到達予想時刻の四時五五分に上陸していたら、小栗ら月島黎明工業高校の三二六人は村田デパートの前で、間違いなく全滅していたことになる。

村田デパートの最上階に逃げこんだ小栗たちは、すぐに、身の毛もよだつような恐怖を味わうことになるが、全員無事であった。しかし、その話は、またの機会に譲ろう。

もう一つの逃避行

小栗の妻・百合子は、その日、津波の第一報が一一時過ぎに発表された時、アートギャラリーにいた。それは、銀座五丁目の中央通りから少し入ったビルの地階にあった。百合子は小栗よりも四歳若く、主婦業のかたわら趣味の油絵を描いている。彼女は、昨夜終わった恭子の個展の跡片づけをしていた。明子も一緒だった。三人は、美術学校時代からの仲良しトリオだ。

展示品の取外しと梱包を昼休み抜きで一気に済ませ、二時に受け取りに来る運送業者に手渡す。あとは、近くのイタリアン・レストランで、遅い昼食を三人で……という予定だった。恭子の知り合いがやっているレストランの閉店時間帯を利用して、恭子の奢りで赤ワインつきでということだった。

一時半には、梱包が無事に片づき、三人は引取りの運送業者を待ちながらお喋りに熱中していた。二時をだいぶ回っても、運送業者は姿を見せなかった。やがて、外の廊下が騒がしくなり、何やら大声で叫びながら急ぎ足で行き来する人々の気配が伝わって来た。何事かとシャッターを開けてみると、廊下の様子がどうもおかしい。明子は、通行人の一人の前に立ちはだかるようにして強引に引き止め、理由を尋ねた。今し方、津波の避難命令が出たという。

恭子は、早速、携帯のテレビをつけた。緊張した面持ちのアナウンサーが、気象庁発表の津波警報を繰り返していた。間違いない。百合子は、一〇メートル前後の大津波と聞いただけで、膝ががくがく震え、心臓が早鐘を打った。彼女は、アクア・フォビア（恐水症）で、おまけに、そのせいで金槌なのだ。

百合子は、携帯で夫を呼び出した。何度かけても繋がらない。恭子も明子も同様だ。

「駄目だわ！」

そうため息をつきながら、三人は不安げに顔を見合わせた。夫のことを案じてみても、どうせ何の役にも立たない。肝心の携帯も繋がらない。とにかく逃げなくっちゃ。三人はそう肚を固めて、表に飛び出した。小走りに歩きながら、そそくさと別れの挨拶をかわすと、それぞれの駅に向かって急いだ。レストランへのキャンセルの連絡は、誰も忘れてしまっていた。

恭子は地下鉄・銀座線の銀座駅へ、明子は地下鉄・都営浅草線の東銀座駅へと小走りに去った。百合子は迷った。しかし、すぐに肚を固めた。ＪＲ線有楽町駅から、山手線で高田馬場まで行く。そこから、西武新宿線に乗り換えて野方に戻る。野方は、海からだいぶ離れている。山手線には先に来た方に乗る。内回りでも外回りでも、途中の駅の数は大差ない。百合子はとっさにそう決めた。

ＪＲ線有楽町駅は、大混雑だった。先を争ってホームに行こうと焦る人で、あふれかえっていた。

「乗客の皆様にお知らせします。津波の到着予想時刻までは、まだ二時間ほどあります。落ちついて下さい！……どうぞ、落ちついて下さい！」

駅のアナウンスが、繰り返し繰り返し、乗客に呼びかけていた。

しかし、そんな状況のもとでは、人身事故が起きる恐れが濃厚だ。電車がすぐにでも停まってしまうかも知れない。人々は、そんな心配から、一刻も早く乗り込もうと先を争った。

「早くしろ！」

「前がつかえてんだよ！」

駅舎の中に、罵声が飛びかった。隣の中年の男が若者と口論をはじめ、それが掴み合いの喧嘩へとエスカレートした。若者の頭突きをまともに食らった中年男の顔面から、鼻血が滴り落ち、百合子のよそ行きのスーツを汚した。

「阿鼻叫喚の巷とは、こんな様を言うのかしら」

百合子は思った。

百合子の腕力では、改札口にたどり着くことさえ覚束《おぼつか》ない。ふと、夫の言葉が百合子の耳朶をかすめた。

「国会議事堂前の高台だ」

恐水症の百合子は、津波が何よりも怖い。五～六年ほど前、夫が月島の学校に赴任した時、

「そこで津波に襲われたらどこへ逃げるの？」

と、冗談半分で夫に尋ねたことがある。夫を脅かしてやろうという、意地悪な魂胆もあった。夫は、しばらく考えたすえ、

「国会議事堂前の高台だ」

そう、真顔で答えた。百合子は、今それを思い出したのだ。政治不信の小栗は、永田町と言う言葉は、口にするのも嫌なのだ。

ようやく、百合子はＪＲ山の手線をあきらめ、国会議事堂前の高台を目指して歩きはじ

めた。そうとも知らず、血相を変えてＪＲ線の有楽町駅に殺到してくる人々に突き飛ばされて、何度も転びそうになった。しかし百合子は、挫けることなく、殺気だった人々の流れに逆って歩き続けた。晴海通りから内堀通りに進み、日比谷公園、法務省、警視庁の横の坂を上がって、やっとのことで永田町の議事堂前の高台にたどり着いた。

腕時計に目をやると、すでに三時四〇分だった。あと一時間ちょっとだ。丸の内線の「国会議事堂前駅」は、どの入り口も黒山の人だかりだ。とても、ホームまではたどり着けそうもない。百合子は、国会議事堂の裏側の道に沿って、有楽町線の永田町駅までたどり着いた。ちょうど上り坂に向かって歩いてきたことになる。人々が先を争って、地下鉄の入り口に駆け込んで行く。この界隈は、国会議事堂や、衆参両院の議員会館や、国会図書館などの広い敷地を持った公共施設が多い。そのせいで、人口密度はずんぶんと低い。このぶんだと、何とかホームまではたどり着けそうだ。百合子は、はじめて安堵のため息を漏らした。

百合子の生死を分けた決断

百合子は早速、入口に駆け込もうとした。と、その時、

「そこに居る。そこの方が安全だ！」

すぐうしろで、夫の声がした。振り返って見たが、姿はない。百合子は、夫とかわしたあの津波の話の続きを思いだしたのだ。さっき、有楽町の駅で思い出したあの話だ。

「月島から議事堂前の高台までは歩いて逃げる。次は、どうするの？」

百合子は、そう夫に畳みかけたのだ。夫は、しばらく考えてから、

「そこに居る。そこの方が安全だ」

と真顔で答えたのだった。その時の言葉を今思い出したのだ。

百合子は、迷った。……迷いに、迷った。

「よし！　信じよう。夫の言葉を。そして、何よりも、自分の記憶力を！」

百合子は、そう肚を決めた。しかし、未練がましく、しばらくそこに佇んでいた。そんな彼女の横を、聞こえよがしに舌打ちしたり、

「邪魔なんだよ！」

などと悪態をつきながら、人々が走り降りて行った。入口に殺到する群衆の数がみるまに膨れ上がった。虎の門や、霞が関や、赤坂の界隈で、地下鉄の駅に入り損ねた人が続々と到着しはじめたようだ。

「おい！　割り込むなよ！」

「なんやて？」

あせる避難者たちの刺々《とげとげ》しい言葉が飛びかい、入口はもう近づけないほどの大混雑となった。百合子は思った。

「今となっては、もう遅い。サイはすでに投げられたのだ」

百合子は、この高台で一夜を過ごそうと肚を固めた。ここの治安の良さは、日本一だ。これだけは、間違いない。国会議事堂や、衆参両院の議員会館や、政党本部などが集中しているせいだ。普段から警戒が厳しく、五〇メートルおきぐらいに警察官が立っている。ここでは、凄腕のひったくりだって商売上がったりだ。

今日は、災害出動の自衛軍の将兵も混じって、警戒が一段とものものしい。百合子は、どことというあてもなく高台の辺りをさまよいはじめた。一つだけ、気をつけたことがあった。下り坂にだけは絶対に近づかないことだった。水恐怖症の彼女は、一センチでも高い場所に留まりたかったのだ。

衆参両院の議員会館の駐車場が、臨時の空き地になっていた。議員や秘書の車を、どこかに移動させたらしい。百合子は、まだ少しすきまのあった参議院議員会館の駐車場の空き地に入りこんだ。避難の市民がドラム缶に薪をくべて暖をとっており、災害出動の兵士たちが、手際よく薪を運んでくるなど、かいがいしく世話を焼いていた。兵士たちは、市民にお粥《かゆ》と毛布を配っていた。

周りの人たちは、津波のことをあまり心配していないようだ。なんでも、三〇分ほど前に、中央区や港区の臨海部に津波が上陸し、かなりの被害がでたらしい。しかし、ここは、高台のため、それに気がつかないほど平静だったという。行列の、すぐ前にならんでいた年配の夫婦ずれの夫が、そんな事情を百合子に話してくれた。そういえば、その頃、遠くに聞こえた潮騒のような音がその津波だったのかも知れない。水に過敏な百合子だからこそ、聞き取れたのだろう。やはり、夫が言った通り、この高台は安全なようだ。周りには兵士や警官の姿も多く、人々は落ちついている。

百合子は、長いこと行列したすえに、やっと毛布と粥にありついた。アルミ製の碗に入った水のように薄い粥だった。それでも、粥と、両手で挟んだ碗の暖かさにやっと人心地がつき、生への希望が沸いてきた。

百合子は、その老夫婦に誘われて、一緒に参議院議員会館の中にもぐりこんだ。玄関にはもう先客がぎっしりと詰まっていて、廊下はおろか上がり口にさえ近づけない。二階、三階も同様のようだ。何でも、上の階の廊下や階段から先に、避難者が詰まっていったらしい。ということは、百合子たちは、そこへの最後の避難民、いや、闖入者ということになる。

　彼らは、先客を拝み倒して、玄関の入口の土間の片隅に、猫の額のようなわずかなすき間を作ってもらった。すき間ができるや否や、もう梃子でも動かない不退転の決意で、そこに座りこんだ。先客は、百合子のことを、いたいけな老夫婦を甲斐甲斐しく世話している家族の一員と誤解してくれたようだ。

　この真冬の寒空では、玄関の扉を境に内か外かで、天国と地獄の差だ。玄関の土間や、タタキにぎっしりと座りこんだ一団は、互いの体温で暖めあうことになり、毛布のお蔭もあって寒さがずいぶんとやわらいだ。彼女は、一息つくと、夫のことと、銀座で別れた恭子や明子のことが、今さらながらに気になった。しかし、携帯はあいかわらず、繋がらなかった。

　それでも、百合子は、水の恐怖におののくこともなく、真冬の夜空に震えることもなく、まずまずの一夜を過ごすことができた。思うようにトイレに行けなかったのが、何よりも辛かった。外の仮設トイレから戻ってきたとき、座る場所が残っているという保証がまったくなかったからだ。

東京湾岸の惨状

百合子が、やっとうとうとしはじめた頃、東京湾の臨海部には、第二波が上陸した。佃、月島、勝どき、晴海などの隅田川東岸地区の古い埋め立て地や、そのさらに沖合に造成された豊海、青海、新木場、辰巳、東雲、豊洲、台場、有明など海抜数メートルの埋め立て地では、東京湾の浅場で波高が二〇～三〇メートルにも増幅された巨大な津波が、疎らに散在する高層ビルの間隙をぬって抵抗らしい抵抗も受けることなく、なんなく通過した。古い低中層ビルの多くは、水圧の巨大な衝撃力であっけなく倒壊した。

レインボーブリッジは、早くも第一波によって、橋桁もろとも海中に落下した。押し流された船舶が次々に激突して、橋脚が破壊されたからだった。折から、避難中の乗客を満載して通過中のゆりかもめが、橋桁もろとも海中に転落し、怒濤の中に一瞬にして姿を消した。首都高台場線を走行中の多数の自動車も、同様の運命をたどった。沖合の埋め立て地の高層ビルにも、押し流された大型の船舶が激突して崩れ落ちた。

沖合の埋め立て地を難なく乗り越えた巨大な津波は、隅田川西岸、竹芝桟橋、日の出桟橋、芝浦埠頭、品川埠頭、大井埠頭、つばさ浜、羽田空港など、旧臨海部のさしたる防波堤のない海岸線を難なく乗り越え、標高数メートルの臨海部に襲いかかった。

東京湾内の水深五メートル前後の浦安沿岸、江戸川河口、京葉港沿岸、横浜・富岡沖の浅場や、水深一〇メートル前後の市川・船橋沖、千葉沿岸、木更津沿岸、君津航路、横浜港内、稲毛沿岸、上総湊沿岸、富津岬下、京浜島、荒川河口沖、鶴見川河口、浦賀湾内、久里浜湾内の浅場では、上陸地点における波高が三〇〜四〇メートル前後に増幅された。

隅田川、荒川、江戸川などの大河川や、これに注ぐ日本橋川、亀島川、神田川などの中小河川では、木造家屋や繋留中の屋形舟などの破壊で生じた大量の材木の残骸が橋桁や橋脚に引っ掛かった。新木場や新砂の貯木場から流出した大量の木材や、根こそぎにされた街路樹もこれに加わった。橋脚や橋桁でせき止められた波の巨大な水圧で、勝鬨橋、佃大橋、中央大橋、永代橋、隅田川大橋などのほとんどの橋の桁は、あっけなく押し流された。

荒川の流域を中心とする江東区、江戸川区、墨田区、葛飾区、足立区などのいわゆる江東ゼロメートル地帯は、壊滅的な被害を受けた。隅田川の西岸の台東区も、上野駅前、日暮里駅前、アメ横、秋葉原も甚大な被害を受けた。中央区、港区の八重洲、東京駅、丸の内、皇居外苑、銀座、日比谷、内幸町、有楽町、霞が関、溜池などの低地も同様であった。
第一波の引き波で海上に流れ出した大量の材木や樹木が、次の津波と一緒に押し寄せるので、海面は海水が見えないほどの漂流残骸で覆われた。高架の高速道路や鉄道も同様に、支柱や桁が各所で破壊された。車両で脱出中の避難者が、ずたずたに寸断され、崩れ残った高速道路上のそこかしこで孤立した。ずぶ濡れの被災者は、冬の夜空の寒さに震えながら、水の引いたわずかな合間のハシゴ車による救出を、一刻千秋の切ない思いで待ちわびた。

幸いにも百合子たちの避難した永田町には、第二波の津波さえも到達しなかった。津波の遡上高が、上陸時の波高にも達しなかったからだ。築地、銀座、有楽町、新橋界隈の高層ビルや密集した中小のビル群が、波消しブロックのような機能を果たし、大きな流動抵抗を発揮したからだ。

標高差が分けた明暗

かろうじて被害を免れた地域は、都内では、標高の高い永田町や、新宿副都心部などであった。それに、新宿以西の中野、杉並の各区、多摩地区、池袋とそれ以北の豊島、板橋、練馬、北の各区、渋谷とそれ以西の世田谷、目黒の各区など武蔵野台地の内陸部などであった。

内陸部であっても、荒川、江戸川、隅田川、多摩川、神田川、渋谷川、目黒川、古川、谷端《やばた》川など河川の流域に沿って広がる低地は、かなりの内陸部まで津波が侵入し、海面上昇による水没地帯も広がった。神田川の流域に沿っては、早稲田や高田馬場近辺の内陸部まで、谷端川に沿っては板橋駅近辺まで、津波による被害と水没の被害が広がった。目黒川の流域にある東急東横線の中目黒駅前は、海抜が九メートルと低く、大きな津波の被害を受けた。

小田急線の参宮橋、代々木八幡、代々木上原の各駅は、宇田川が形作った狭い盆地の中にある。この宇田川は、かつてこの川が形作った盆地の中を、今では暗渠となって井ノ頭通りと平行に流れ下る。そして、同じく暗渠となった渋谷川の上流部分に、ＪＲ渋谷駅の付近で合流する。ここで開渠となって姿を現した渋谷川は、恵比寿、南麻布方面に流れ下る。この渋谷川を遡上してきた津波によって、その流域は勿論、宇田川上流の小田急線沿線にまで被害が及んだ。渋谷川の盆地にある渋谷駅のハチ公前広場の標高は、内陸部のわりには標高が一六メートルと低く、渋谷川に沿って遡上した津波の被害を受けた。

ＪＲ四谷駅は、水が一旦途切れた外濠の底にある。このため、内陸部にもかかわらず津波の被害がここまで及んだ。この外濠は、上智大のグランドとして利用されている低地となったのち、弁慶堀でふたたび水をたたえ、赤坂見附跡で終わっている。

流動抵抗の小さな多摩川の川面に沿って狛江の付近まで、津波が遡上した。多摩川の流域にある等々力競技場などの低地も大きな被害を受けた。

逆に、臨海部の近くにありながら、高台のため津波による大きな被害や水没を免れた地帯もあった。上野の山、本郷台、駿河台、永田町などの高台が、水没した低地の間に島のように孤立した。表参道・原宿周辺、自由が丘周辺、恵比寿・目黒周辺、青山・六本木周辺、溜池交差点を除く赤坂周辺、中目黒駅周辺を除く目黒・祐天寺周辺なども同様だった。

ほんのわずかしか離れていないのに、太古の川が形作った低地にあるか、これを囲む台地にあるかで明暗が分かれた。神田川沿いの低地に位置するＪＲの水道橋駅、飯田橋駅や、小石川後楽園、白山通り沿いなどの低地は大きな津波の被害を受けた。対照的に、この低地を囲む本郷台地の上に位置する東京大学、小石川植物園などは津波の被害を免れた。

横浜、川崎の市街の惨状も、東京と似たりよったりだった。ＪＲ根岸線の横浜、桜木町、関内、石川町、根岸の各駅は漂流船舶が激突し、全壊ないし半壊した。高台の山手駅がからくも原形を留めた。京浜急行線の各駅も同様の惨状を曝した。鶴見川河口からみなとみらい21地区、本牧埠頭にかけて拡がる臨海部は完全に水没した。野毛山や山手の台地が半島状に海に突き出し、これらの台地の合間を縫って流れる帷子川、大岡川の流域に沿って海が内陸部深くまで侵入した。要するに、横浜は、埋め立てが開始された江戸初期の姿に戻ってしまった。伊勢佐木町界隈を皮切りに、今日のみなとみらい21地区にいたるまで、絶え間なく造成され続けてきた埋め立て地が海面下に没してしまったのだ。

江戸初期と異なる点は、沖合の海中にランドマークタワーや、パシフィコ横浜などの高層ビルが油火災で煤けた姿を沖合の海中に曝している点であった。川崎から鶴見区にかけて拡がる京浜工業地帯の石油コンビナートや、遠く京葉工業地帯の石油コンビナートから流出して漂着した原油やナフサによる大規模な油火災が起きた。

日本の武家政治の発祥の地、古都鎌倉は、相模湾を臨んで猫の額ほどの狭い平地が開けている。この平地の三方を、地元の人たちが鎌倉アルプスと呼ぶ標高一五〇メートル級の丘陵が囲んでいる。鶴岡八幡宮をはじめ主要な寺社・仏閣や、大仏、長谷観音、江の電、JR鎌倉駅、鎌倉市役所などが狭い平地に散在している。相模湾を襲った第二波の津波は、浅瀬によって波高が四〇メートルにも増幅されて材木座海岸、由比ケ浜、七里ヶ浜に上陸した。

上陸した津波は滑川や、若宮大路をはじめとする数々の大路や小路に沿って平野部を一気に内陸部に向けて遡上した。そして、背後の丘陵に達すると、更に高さを増して丘陵の中腹まで一気に駆け上がった。多数の国宝級の寺社・仏閣が一瞬にして無数の木片へと変わり果てた。美男におわした大仏も、美女におわした長谷観音も横倒しになり、彼らの首は胴体から無惨にもぎ取られて転がった。

大阪、名古屋、千葉などの太平洋に面する臨海部は、東京とほぼ同様、あるいはそれを上回る惨状を呈した。とりわけ、水の都、八百八橋の異名をもつ大阪の被害も甚大であった。幅の狭まった紀伊水道と、友ケ島水道（紀淡海峡）と、遠浅とによって三重に行く手を阻まれた津波が、波高を四〇メートルにも増しながら上陸した。淀川、大和川、正蓮寺川などの水門や防潮堤は、無きに等しかった。海抜ゼロメートルの大正区、海抜一メートルの梅田界隈を初めとして、広大な地域にわたって海中に没した。神戸、尼崎も壊滅的な被害を被った。

塗り替えられた世界地図

太平洋の諸国の臨海部は、日本と同様、津波の被害と海面上昇のダブルパンチを受けて甚大な被害を被った。特に、南極海に近い南半球のオーストラリアや、ニュージーランドや南太平洋の諸島では、臨海部からの住民の避難が遅れたため、人的被害が甚大であった。マーシャル、ツバル、トケラウ、ライン、キリバス、タラワなどの各諸島は、標高が低くて避難場所に乏しかったり、まったく無かったりしたため、ほぼ壊滅状態になり、海面が上昇した海中に姿を消した。

オーストラリアのメルボルン市の被害は、とりわけ甚大だった。メルボルン市の南方の海上に浮かぶタスマニア島が原因だった。この島の東岸を通った津波が先に到着し、同島の西岸を通った津波が少し遅れて到着した。二つの津波が海上で重なり合い、波高が二倍ほどに増幅されて上陸した。これに、遠浅による波高の増幅作用も重なり、第二波の上陸時の波高は五〇メートルにも増大した。シドニーでも、あの貝殻の形で有名な海岸べりのオペラハウスが、巨大な波のエネルギーでこなごなに打ち砕かれた。

フィリピン群島などでも、似たような現象が次々に起きた。さらに、この群島では、一つの島で反射された津波が他の島で反射された津波と重なり合って波高が異常に高くなるという現象も発生した。

津波の直接の被害を受けなかったインド洋のモルジブなどでも、海水面の上昇により致命的な被害を受けた。メキシコ湾のフロリダ半島などは、三分の一が水没し、水没地帯は世界地図から姿を消した。ニューヨーク、ボストン、ニューオーリンズ、ロンドン、ベニス、オランダ、アレクサンドリア、フランス南部のラカマルグ、バングラディシュのガンジス川デルタ地帯など広域にわたって水没した。

アメリカ、日本、オーストラリア、ニュージーランド、イギリスなどの先進各国が甚大な被害を受けたため、発展途上国の救援に手がまわらなかった。

第二章 その後の小栗

猛暑の中野で

二〇一八年五月六日。あの南極海巨大津波から、早くも三ヵ月近くが過ぎた。その日は、ゴールデン・ウイーク最後の日曜日だった。小栗は、ＪＲ中央線・中野駅・北口の改札口を出ると、自宅のある野方の方に歩きはじめた。今日は、講演会からの帰り途であった。あの津波のあと、路線バスの本数が大幅に減っていた。世界各地で、沿岸部の石油精製所が破壊されたり、水没したりした。ガソリンをはじめ燃料の値上がりが一段と進み、運賃の値上げと客離れとがいたちごっこで進行していた。

中野駅の界隈は、もう標高三〇メートルを超えていた。お蔭で、津波の被害も、海面上昇の被害も免れた。一つ新宿寄りのＪＲ東中野駅の付近で中央線の下を横切る神田川も、周辺に津波の被害を及ぼすことはなかった。このあたりでも、標高がもう二五メートルを超えていたからだ。

住まいを失った臨海部からの被災者が、中野区にも大挙して押し寄せて来た。学校、体育館、公民館などの公共施設が、急場しのぎの収容所として割り当てられた。収容しきれずに溢れた被災者は、公園、広場、空き地、運動場などにテントを張り、野宿を余儀なくされた。怪我人や病人を収容する病院のベッド不足が深刻であった。窮余の一策として、公園などに張ったテントに患者を収容し、医師と看護士がそこを回診した。まるで、野戦病院といったところであった。

各地の自治体が地震に備えて貯蔵していたなけなしの食料品、飲料水、医薬品が被災者に配給された。自治体の多くは、経済状況が悪化して、実質的な破産状態にあった。津波の被害を免れた内陸部でも、治安が一段と悪化した。都内各地のガソリンスタンド、薬局、病院、コンビニでは白昼から強盗が頻発し、路上では引ったくりが横行していた。中野区もその例外ではなかった。小栗は、物騒な細い路地をできるだけ避けて、早稲田通りなどの人通りの多い幹線道路をたどった。

暑かった、とにかく暑かった。まだ五月の初旬で、そのうえ、もう夕方の六時をまわった時刻だというのに、気温はまだ三〇度を超えていた。何といっても湿気がものすごかった。まるで、街全体が巨大な蒸し風呂に変わってしまったかのようだった。頭や顔から吹き出た汗が、たっぷりと水蒸気を含んだ空中や肌着への行き場を失った。

それは、首筋を伝って胸や背中に、そして脇腹、臀部、脚部へと流れ、滴り落ちた。汗の溜まった靴は、水から上がったばかりの時の長靴のように、歩くたびにブカブカと無粋な音を発した。風薫る五月などという牧歌的な言いぐさは、とっくの昔に死語になっていた。小栗は、昔の回想に耽りながらゆっくりと歩を進めた。

奇しくも、ちょうど三〇年前の一九八八年という年は、地球温暖化・対策元年と言うべき記念すべき年であった。人類が地球温暖化の危機に初めて気づき、真剣に取組みはじめた最初の年であった。その口火を切ったのが、アメリカ議会上院において、当時のNASAゴダード宇宙研究所の科学者ジェイムズ・ハンセン博士が行った証言であった。このハンセン証言に、当時のイギリス首相のマーガレット・サッチャーなどが素早い反応を示し、国際的な取り組みがスタートした。

「危ない！　気をつけて！」

丁寧な口調ながらも刺を含んだ鋭い女の声が、小栗の回想を中断させた。荷台に大きなカゴを載せた自転車の中年の女が、小栗にぶつかりそうになって、あわてて急ブレーキをかけたらしい。カゴの中で、ゴトゴトと物がぶつかり合う鈍い音が響いていた。配給の食糧品を満載しての帰り道であろうか。米、味噌、醤油をはじめとする主な食糧品は、あの南極津波の襲来直後から配給制になっていた。

ガソリン価格が高騰したため、多くの市民は、長年慣れ親しんで来た愛車を泣きの涙で手放し、自転車に乗り換えていた。裏通りを走る自動車の数がめっきり減って、代わりに自転車を汗だくでこぐ人の姿が目立った。大通りの光景は、大昔の人民中国の街角の光景を彷彿とさせた。あのスリムで、きゃしゃな自転車に代わって、頑丈な荷台と、いかついい形のスタンドが付いた実用一点張りの大昔の自転車が復活していた。

クーラーの効いた快適な愛車を泣く泣く手放し、猛暑の中を汗だくで自転車をこいで行く。後ろの荷台と前カゴには、配給の食料品を満載して。この一事だけでも、人々の気持ちがすさむのは、無理からぬことであった。

「自転車は歩道を走れないんですよ。降りて引いて行かなければいけないんです。それが交通ルールです」

小栗は、主婦とおぼしき中年の女性に一瞬、そう抗議しそうになった。しかし、思いなおして……「すみません！」

と、すなおに謝った。何といっても、そんな交通ルールなど誰もご存じないのだから。それに、ぼんやりと回想に耽っていたこっちにも非があるのだから。彼は、ゆっくりと歩を進めながら、また、回想に戻った。

過剰な反応への反動

得てして、温暖化のような地球規模の変化は……人間が実感できる時間に比べると、あまりにもゆっくりと進行する。地球があまりにも大きすぎるからだ。温暖化は一本調子に進む訳ではない。行きつ戻りつしながら、ゆっくりと着実に進行する。

「明日にでも起こるかもしれない！」

そんな性急な危機感を抱いた政治家や市民は、過剰に反応したことを悟った。人々の関心は、急速に薄らいでいった。熱しやすく醒めやすいのは、人類に共通の性格のようだ。二〇〇〇年を過ぎると、温室効果による温暖化への懐疑的な見方も数多く台頭しはじめた。二〇〇六年、西南大学・生産技術研究所の田中教授は……「温室効果などの環境危機は実在しない」という、独自の見解を発表した。都市部の温度上昇は、ヒート・アイランド現象によるもので、地球規模での気温は、上昇も下降も確認されていないという見解だった。彼は、さらに一歩踏み込んで、地球温暖化の問題は、環境浄化問題で名声を博した評論家が、再び脚光を浴びるために行った誇張にすぎず、悲観論の警鐘が欧米の知識層にもてはやされた結果でもあるとも分析した。そんな懐疑論に対する反論も展開された（〔7〕）。

当時は、地球温暖化という危機感に便乗して、あの手この手の抜け目のない売り込みが行われていた。そんな風潮も、こういった懐疑論や批判を生む一因だったのだろう。

新たなエネルギー源として、水素を利用する燃料電池の計画もそんな一例であった。水素の製造に必要な電力は、太陽光発電や風力発電などに替えない限り二酸化炭素を排出しないと発生できないからだ。生物学的な方法で水素を製造する方法もあるにはあるが、それでは時間がかかりすぎて、実用の域にはとうてい達しそうにない。何でもかんでも地球温暖化のせいにするという風潮も、一部の科学者の反発を招いた。ベニスなどの都市は、温暖化で海面が上昇したため沈みつつあると喧伝された。しかし、建物の重みによる地盤沈下が主な原因だとする有力な説もあった。隅田川の橋桁が低くなったのも、帝都東京の頃から続く地盤沈下のせいであろう。海面が上がったのか、地面が沈んだのかを見極めることは至難の技だ。海面の上昇は、今までは海水温の上昇に伴う海水の熱膨張として説明できる範囲に収まっていたようだ。しかし、今回の津波で状況が一変した。

地球温暖化によって生じる問題点は、いろいろとある。何といっても最大のものは、水不足だ。この水不足は、食料不足と飢餓とに直結する。湿潤な地域が高緯度地方に移動してゆき、中緯度地域の穀倉地帯が干ばつに見舞われはじめる。二〇〇二年、オーストラリアは大干ばつに見舞われ、小麦をはじめとする穀物の収穫量は前年に比べて半減した。そんな最悪記録でさえも、四年後の二〇〇六年の大干ばつであっさりと塗り替えられた。驚いたことに、翌二〇〇七年の大干ばつは、前年の規模をさらに上回った。

穀物の生産量が対前年比四〇パーセントまで落ち込んだ。大きな負債を抱えた農家の倒産が相次いだ。一九五六年のメルボルン・オリンピックのボート競技会場となったウェンドリー湖も、一〇年も続いた干ばつで、ひび割れた無残な湖底を晒した。オーストラリアの穀物生産量の四〇パーセントを賄うマレー・ダーリング河の流量は、数十年前の数パーセントにまで落ち込んだ。その干ばつは、年々ひどくなっている。夏期の熱波と山火事による犠牲者の数も年々最悪記録を更新し続けている。

二〇〇六年、当時のハワード首相は、京都議定書への消極的な態度を、野党党首のビーズリーに追求された。これに対して、彼は、アメリカや、中国や、インドが参加していない京都議定書などは実効性がなく、批准は豪州経済に有害でさえあると開き直った。彼は、翌年の選挙で落選の憂き目をみた。バリ会議で、日本とともにアメリカに追随して非協調路線をとったことも批判された。

安易な原子力発電に固執した日本は、風力発電や、太陽光発電などの地道な自然エネルギー利用の分野で、ドイツをはじめとする欧州勢に逆転を許し、絶好のビジネス・チャンスを逃した。

二〇〇七年、二〇一五年、二〇一七年に起きた地球規模の暖冬や猛暑は、世界中の人々を不安に陥れた。しかし、それも束の間、翌年には、一過性のできごととして、すぐに忘れ去られてしまった。

小栗家の生活

小栗はようやく野方の自宅にたどり着いた。下車した中野駅から三キロほどの道のりを、小一時間ほどかけてゆっくりと歩いてきたことになる。そこは、西武新宿線の野方駅に歩いて一〇分ほどの、環七沿いの場所であった。彼の普段の通勤ルートは、西武新宿線だった。

「お帰りなさい!」

妻の百合子が、台所から声をかけた。あの津波の日、参議院議員会館に避難してからくも事なきを得たあの百合子だ。彼女は、趣味の油絵を描くかたわら、近くのデパートの洋服売場で、パートの仕事を長年続けてきた。つい最近、それをやめて、画家と主婦業に戻っていた。毎月、第一、第三金曜日、近くのカルチャー・スクールで絵画教室の講師を勤めている。

あの津波の後片づけが一段落すると、街は若者を中心とする失業者で溢れかえった。時給にしても、以前の三分の一ほどに落ち込んでいた。何といっても、「残りの人生を好きな油絵に打ち込みたい」という思いが募ったことが大きい。若い頃には、美術学校を休学して、パリに一年間留学するほど、油絵に打ち込んだ彼女だった。

小栗には、教師らしからぬ欠点がある。人の顔を覚えるのが苦手なのだ。照れ性のため、相手の顔をよくよく観察していないせいもあろう。百合子にもその傾向がある。小栗は、百合子の絵を見ていて、ふとそう感じたことがある。百合子は、風景や、生物や犬や猫などの動物を描くと実に巧い。しかし、人物となると、いま一つである。レオナルド・ダ・ビンチのように、人物の皮膚の下に隠された骨格や、関節や筋肉の構造まで見極めるほどじっくりと相手を観察しないと、人物は描き切れないのかも知れない。

小栗の場合、最近、人物をよくよく観察しなくなったのは、照れ性のせいだけではない。見るからに不機嫌そうな仏頂顔の人が、町中に溢れてきたせいでもある。かつてないほどの猛暑や、経済や治安が急激に悪化したせいであろう。犬を連れた人とすれ違うときは、ついつい犬の方に目がいってしまう。犬の方が愛想よくしているからだ。

日本では、あの南極海巨大津波の被害が、諸外国に比べて一段と深刻であった。人・物・金やインフラが、東京、横浜、名古屋、大阪など、太平洋岸の大都市の臨海部に集中していたからだ。そんな日本から、外国資本が一斉に逃げ出しはじめた。東京証券取引所の株価と、円の対ドル為替レートは、連日、最安値を更新し続けていた。日本人は、自国の通貨が止めどもなく下落する恐怖を、この時初めて味わった。賃金と通貨の下落が好感されはしたものの、それをはるかに上回る勢いで購買力が低下した。外国資本にとっては、日本のマーケットとしての魅力はすっかり薄れてしまった。

その一方で、人々の気持ちは、急速に落ちつきを取り戻しつつあった。異常な地球温暖化の結果、南極発の巨大津波と海水面の上昇という最悪の事件が起きた。しかし、あれはもう終わった。一過性のものとなった。あとは回復してゆくだけだという安堵感と希望が、市民の間に拡がりつつあった。

人びとは、まだ想像さえもできなかったのである。あの程度の災害などは、前座にも値しないものだったことを。もうすぐはじまろうとしている、恐ろしい地球の熱暴走に比べれば……。

御茶ノ水界隈

二〇一八年六月三日。あの大津波から四ヵ月近く過ぎた六月最初の日曜日だった。小栗は、地下鉄丸の内線の本郷三丁目駅の改札口を出た。神田駿河台で開催されるごくごく内輪の小規模な講演会に参加するためだった。「地球温暖化と最近の異常気象」と題するもので、開演の予定時間は午後の一時一〇分だった。

小栗は、早くも午前一〇時の少し前に、地下鉄丸の内線・本郷三丁目駅に降り立った。池袋から乗ると、最寄り駅の御茶ノ水の一つ手前の駅だ。開演前の三時間ほどの時間を利用して、御茶ノ水界隈の津波の被災状況をつぶさに見ておこうと考えたのだ。その一帯は、ずいぶんと起伏に富んだ土地だ。将来、再び襲ってくるかも知れない巨大な津波から避難する時に、参考になることも多いだろう。そう考えたのだ。

小栗に言わせると、津波も地震も同じ自然災害ではあるが、中身はまったく違う。原始人が持ち合わせている土地の高低に関する知識と勘と健脚……これさえあれば、人が津波の犠牲になることは滅多にない。大都市に住む文明人には、そのどれもが欠けている。交通機関に頼りすぎてきたためだ。地震となると、そう単純ではない。土地の高低には関係なく、被害はあらゆる箇所に同時・多発的に及び、倒壊した建物や火災などが行く手を阻むので、健脚も無用の長物となる。

小栗は、本郷通りに出ると、ＪＲ御茶ノ水駅の方向に歩きはじめた。六月の強烈な日差しが容赦なく降り注ぎ、汗ばんだ肌を射た。高台にある本郷界隈は、津波の被害をまったく受けていない。医療機器メーカーのビルなどが佇む、普段の落ちついた雰囲気を漂わせていた。小栗は、本郷通りから離れ、神田川に向かって歩を進めた。外堀通り沿いに、順天堂大学や、東京医科歯科大学の高層の付属病院が、何事も無かったようにそそり立っていた。川は上流側を向いて右手を右岸、左手を左岸と言うようだ。すると、今、小栗の立っている外堀通り側は、上流の水道橋の方を向いて右手の右岸ということになる。

「まず、この外堀通りに沿って水道橋の方に降りて行ってみよう」

神田川の右岸に沿って走る外堀通りは、しばらく行くと急な下り坂になった。小栗は、車道を一台の車も走っていないという、異変に気づいた。神田川の岸から見下ろすと、水面が異様に近くに見え、川岸がずいぶんと低くなったように感じられた。さらに坂道を下って行くと、先ほど気づいた車道の異変の原因が、ようやく分かった。外堀通りが、水面下に消えていたのだ。そこは、ＪＲ水道橋駅の手前の都立工芸高校の辺りだった。これでは、車が走れなくなる訳だ。

神田川は、上昇した海面と繫がってしまい、水面が七メートルも上がってしまった。そこから溢れ出した水であろう。白山通りの起点部分の道路は、完全に水没していた。この白山通りは、内堀通りを起点として、靖国通りを横切り、眼前の水道橋駅でJR中央線と総武線のガードの下をくぐり、この外堀通りを横切って巣鴨方面に延びる幹線道路だ。

仕方なく、そこからとって返した。先ほど、気楽に降りてきた外堀通りの急坂を、息を弾ませながら昇りつめ、しばらく行くと、そこは、御茶ノ水橋のたもとだった。こんな高台なのに、橋は津波で流されてしまっていた。その時えぐられた橋のたもとには、立入り禁止の柵が巡らしてあった。少し下流の聖《ひじり》橋も、同様の運命をたどったとみえ、仮設の橋に変わっていた。

この一帯の地形は一風変わっている。水道橋界隈から秋葉原方面へと流れる神田川は、駿河台下や、神保町界隈の低地を流れるはずである。そこは、本来ならば眼前の御茶ノ水橋を渡って五〇〇メートルほど緩やかに下った辺りで、本郷台地の直下の低地を形成している。ところが、実際の神田川は、それよりもずっと台地の奥深く食い込んだ、御茶ノ水駅のある高台を深くえぐりながら流れている。この神田川が本郷台地に穿った深さ二〇メートル、幅六〇メートル、長さ一キロメートルほどの狭い峡谷が小栗の眼前に広がっている。

水は低きに流れるという、自然界ではあり得ない現象だ。それもその筈である。この深い峡谷は、江戸期に作られた人工の開削なのだ。神田川が、水道橋の辺りと秋葉原の近辺とで、この人工の開削に付け替えられることによって形造られた自然と人工の入り混じった奇観だ。今日、近代的な大型土木機械を総動員しても、この工事にはそうとう手こずるだろう。

あの日、隅田川から両国橋のあたりに上陸した巨大な津波は、東日本橋、浅草橋、東神田、秋葉原の一帯を総なめにしながら神田川を遡上した。そして、この峡谷で幅が急に狭められるや、高さを一挙に増した。そして、崖の中腹を走るＪＲ中央線と総武線の御茶ノ水駅のホームを洗い流してしまったのだ。このホームの前後で、神田川を跨いでいた聖橋と御茶ノ水橋の橋脚も同様の運命をたどった。これは、小栗にも、思いもよらなかったできごとだった。

地下鉄・丸の内線は、この本郷台・台地の地下深く掘られたトンネルの中を走っている。丸の内線の電車は、地下深くに造られた御茶ノ水駅を出るとすぐに、神田川のすぐ手前で右岸のトンネルから地上に姿を見せる。そして、神田川にかけられた鉄橋を渡るとすぐに、聖橋の直下で左岸のトンネル内に姿を消す。この鉄橋は、水面が七メートルも上った神田川に没してしまい、前後のトンネルは神田川と繋がってしまった。

復旧工事にあたって、まず、両岸のトンネルが鉄橋の前後で塞がれ、神田川から遮断された。すると、池袋に向かうトンネル内の水を、白山通りが走る下の低地に吐きだすことができた。白山通りは、このトンネルが本郷台・台地を抜け、再び地上に姿を見せる辺りを走っている。後楽園駅から本郷三丁目駅に少し寄ったあたりだ。つまり、白山通りは、本郷台・台地の地下深くを走る丸の内線のさらに下の谷底を走っているのだ。隣り合う二つの台地の地中に掘られたトンネルどうしが、白山通りを眼下に臨む空中回廊で連結されている。これも、自然の地形と人工的なトンネルの組合せが織りなす奇観の一つだ。

講演会　地球の恐るべき実態

講演会は、予定の四時を三〇分も超過して、ようやく散会した。各講演の後に設定されていた質疑応答が、どれもこれも白熱したからだ。特に、最後に講演した世界的にも有名な気象学者は、この三月に、気象大学校の校長を花道に気象庁を定年退官したばかりの人物だ。彼は、「ここだけの話ですが……」と、何度もオフレコの念押しをしながら、地球温暖化に伴う最近の異常気象の実態を、声をひそめて、つぶさにこう語ってくれた。この会合がごくごく内輪の小規模の集会という気安さも手伝ったのであろう。

「最近では、気象がそうとう狂いはじめています。過去のデータや、経験や、知識がすっかり役に立たなくなってしまいました。私が奉職していた気象大学校の教官連中は、教え子の手前、努めて平静さを装ってはいます。しかし、ベテランから若手の教官まで、すっかり自信を喪失しています。雲の動きで予測可能な短期の予報はともかくとして、中・長期の予報ともなるとまったくお手上げです。神経衰弱気味の人も、少なからず出はじめています。以前は、百年ぶりや、八〇年ぶりの異常気象と言いました……それは、もう十数年も前の話です。そんな新記録が、今では毎年のように塗り替えられているんです。

つまり、記録の更新が、一年ぶりとか、二年ぶりとかになってしまいました。お蔭で、一般の方には、その異常さがかえって実感されなくなってしまいました。ご存じのように、気象庁は、『全球異常気象監視速報』を週別、月別、季節別に整理して、ホームページ上に公表しています。世界地図上に、異常な高温、低温、多雨、あるいは少雨などの発生した地域を固有の着色の囲みで表示した『異常気象発生地域分布図』を公表しています。変わりやすさを旨とする気象であってみれば、異常高温の地域がある一方で、異常低温の地域があるのは当然で、取り立てて異常、異常と騒ぐことではありません。

しかし、一体何が異常なのでしょうか？　赤い着色の異常高温の地域が、青い着色の異常低温の地域を、数でも、個々の地域の広さでも、しかも季節を問わず、圧倒していることなんです。お蔭で、世界地図が年中真っ赤に塗りつぶされているんです。この一事をもってしても、地球全体が猛烈な勢いで温暖化していることは、一目瞭然です。『平年値』は、過去三〇年間の平均値で、一〇年ごとに更新されています。しかし、今や、一〇年間隔では、遅すぎて対応できません。国際的に公表されている今世紀末の上昇温度の予測値は、最悪五～六℃と言ったところです。しかし、日々そんな全球的な観測データに接していると、そんな生易しい範囲に留まるとは、到底思えなくなります。そんな、前代未聞の異常さは、いま地球に起こりかけている未知の大異変の前兆なのではないかと、私には、大変不吉な予感がします。この話は、絶対に、ここだけの事にしておいて下さい」

彼は、定年退官した気安さのせいか、最近の気象の異常ぶりへの感想をそんな表現をまじえて赤裸々に吐露してくれた。「前代未聞の異常さ」や「不吉な予感」などの率直すぎる発言は、在任中には口が裂けても言えなかったはずだ。一国の気象庁の高官の発言ともなると、絶大な影響力を持つからだ。もう、三〇年ほど前、退官したばかりのイギリスの元気象庁長官が、温暖化の予測に関して率直すぎる発言をしたことがある。彼の古巣の気象庁は、「あれは気象庁の公式見解ではない」ともみ消しに躍起になった（［1］）。

小栗は興奮もさめやらぬまま、会場を後にした。あの最後の講演者が、思わず吐露した真相は、最近小栗が抱きはじめた懸念に拍車をかけた。

「未知の大異変の前兆」

確か、彼は、そんな言い方をしていた。

「大異変とは、ひょっとしたら、あれのことか？」

小栗は、呟いた。

小栗は、そんなことを考えながら、明大通りの緩やかな坂道をゆっくりと登りつめ、JR御茶ノ水駅に差しかかった。ふと、秋葉原界隈の様子が気になった。彼は、聖橋の架設橋の前を通り過ぎて、そのまま神田川の左岸沿いの小道に沿って秋葉原方面に降りて行った。案の定、下り坂が昌平橋のかなり手前でもう冠水していた。淡路町、須田町や、対岸の電気街からアメ横にかけての一帯も似たり寄ったりの状況だろう。この未曾有の南極海巨大津波は、決して突飛なできごとではない。ただ、周期が人類の歴史に比べてとてつもなく長すぎただけだ。氷河期の末期など温暖化が急激に進む時期には、太古の昔からきまって繰り返されてきた恒例行事とも言える自然現象の一つなのだ。小栗は改めてそう実感した。

彼は聖橋の仮設橋のたもとまで戻った。ふと、小栗の脳裏をあの「悪夢」がよぎった。最近抱きはじめた「熱暴走による地球の灼熱化」の悪夢だった。

この東京の街並みは、灼熱地獄の中で人類が絶滅したあと、どれほど長く人工の痕跡を留めることができるのだろう？　風化したコンクリートは崩れ、酸化した鉄骨は折れ、曲がり、崩れ落ち、朽ち果てるだろう。この風化は、異常な高温多湿の大気の中で、人類がかつて経験したことのないような速さで進行するだろう。そして、早くも数百年後には、人工の痕跡はまったく消え去っているに違いない。

その時、武蔵野台地と、これを穿ってきたいく筋もの川とで形造られた太古の地表の姿が、ここに蘇るであろう。人類のような高等生物が、再びこの地に立つ日は、もう来ないだろう。万一来るとすれば、自然にはできるはずもないこの開削に、気づくだろうか？そして、かつてこれを穿った高等生物がここに存在した事の証拠とするだろうか？

小栗は、すぐに現実に立ち戻った。本郷台地の三島から上野のお山まで行けるかどうか、地図を開いて検討した。三島と上野は、王子の辺りから不忍池まで延びる低地によって隔てられている。この低地は完全に水没していて、上野のお山までは行けない。

　不思議なことに、この低地には、太古の昔にこれを形作ったはずの川がない。王子の付近を流れる石神井川《しゃくじい》が、飛鳥山の細い台地を穿って隅田川の上流に注いでいる。その辺りで台地にぶつかって直角に折れ曲げられていた石神井川が、この台地を穿つ真っ直ぐな流れに変更されたのだ。これも、あの開拓精神旺盛な江戸時代人の仕業に違いない。たぶん、その辺りで洪水が頻発していたからであろう。小栗はそう確信した。

　崖の中腹に復旧されたばかりのＪＲ御茶ノ水駅の急ごしらえのホームに降り、中央線中野行きの始発電車を待った。

　臨海部のＪＲ線は、概ね高架になっている。お蔭で、津波からの仮復旧後は、電車だけはなんとか通過できた。しかし、東京駅、神田駅、有楽町駅など、いくつかの駅は、駅舎の位置が低いため、ホームの下は冠水していたり、下車しても駅舎の外に出ることができない場合が多かった。そんな駅は、他線との乗り換えだけの駅か、電車が停車しないで通過するだけの駅となっていた。

渋谷社長の変わった依頼

二〇一九年二月八日。あの南極海巨大津波からようやく年が開けて、その一周年記念日が四日後に迫っていた。当日は、東京都主催の合同慰霊祭が、東京体育館で開催されることになっていた。小栗も、旧月島工業高校の教師として、列席の予定であった。

小栗は、ちょうど一年前の今日、つまり、奇しくも南極海巨大津波の直前四日前に行われた一風変わった討論会のことを、思い出していた。

去年の二月早々、渋谷紘一が自宅に電話をかけてきた。彼は、北欧の家具や玩具や雑貨品の輸入販売を営む「北欧物産」の社長だ。本社兼倉庫は、小栗の学校のすぐ近くの晴海にあった。彼の息子の紘樹は、小栗が月島に着任した年の最初の教え子だった。

以前、小栗は、渋谷の会社で地球温暖化の講演したことがあった。渋谷は、地球温暖化に便乗した新規の事業を模索しており、まず、真贋さまざまに噂される温暖化の実態を、小栗の口から直接確かめておきたいと考えたのだ。渋谷がそんな気持ちになったのも、息子の紘樹が小栗のことを大いに買ってくれていたからだ。おまけに、渋谷社長に言わせると、話の内容の真贋は、話し手が発するオーラの強さで判定できるのだそうだ。その講演会は、無事に終了した。

渋谷の今回の用件は、

「ぜひ会って話を聞いて貰いたい人物がいる。学校の帰りにでも、会社に立ち寄って欲しい」

というものだった。渋谷の友人の明海工大・沼間教授とのことだった。明海工大は、つい二年前、すぐ近くの有明にオープンしたばかりの工業大学で、小栗にとっても関心の的であった。昨今急激に進んだ少子化に伴って学生の募集がますます難しくなる中、新規にオープンするからには、余程のセールスポイントがあるのだろう。そう、業界の注目を浴びていたせいもある。

渋谷は、小栗の都合の良い日と時間帯を三つほど聞き出すと、一旦電話を切り、すぐに掛けなおしてきた。そんな風にして、沼間教授との会談はちょうど一年前の今日、つまり、二月八日木曜日の午後四時に決まったのであった。

「よっぽど、こっちの都合に気遣いしてくれたようだ……」

小栗も、そんな渋谷の気配りに悪い気はしなかった。

「たぶん、沼間教授を俺に引き合わせてくれるんだろう。先日の講演会のお礼のつもりなんだろう」小栗はそう思ったので、話の内容については、確かめはしなかった。

約束の当日、最後の授業が終わると、学校を早退して会社を訪問した。前回の講演で顔見知りになった社員たちが、愛想よく挨拶してくれた。ベテラン秘書が慇懃に出迎えて、応接室に案内してくれた。約束の時間よりもだいぶ前だった。にもかかわらず、渋谷は、すでにくつろいだ様子でソファに深々と身を埋めていた。同席の中年の男と雑談に興じていたようだ。その男は、渋谷の紹介も待たずにやおら立ち上がって、小栗と名刺を交換した。

「明海工業大学　海洋工学部
教授　理学博士　沼間俊一」

長たらしい肩書が、一段抜きで厳めしく並んでいた。

「うちの卒業生が、大変お世話になっています」

小栗は挨拶した。近場のよしみと言うことで、月島黎明工校の卒業生が明海工大に進学するようになっていた。

「いや、こちらこそ」

沼間はいかつい顔に似合わず、気さくに応じた。

「実は、沼間君と僕とは、南海大学の同窓生なんです。学部は、理学部と商学部ということで、別々でしたが。彼とは、学生寮の同室で、同じ釜の飯を食った仲なんです。最新の卒業生名簿を見ていたら、なんと、すぐ近くに沼間君がいるじゃありませんか。すぐに連絡したという訳です。彼は、最近、某有名大学から引き抜かれて、新設の明海工大に赴任したばかりの看板教授なんです」

渋谷はそう言って沼間を紹介した。

「看板教授だなんて……とんでもない……長居しすぎた古巣を、ていよく追い出されただけですよ」沼間は謙遜した。

「どうも沼間教授の言い分の方が本当そうだ」小栗は、彼の四角張った顎のアクの強そうな顔つきから、そう直感した。

通り一遍の挨拶が済むと、渋谷はやおら本題に移った。

「実を言うと、沼間君は、今、壮大な事業を計画中なんです。しかし、私には……内容が難しすぎてついていけないんです。先日の小栗先生の温暖化の話は、とても分かり易かったんですがね……」

まるで、沼間教授の説明が下手だと言わんばかりの物言いである。沼間教授は苦笑している。

「いや、出来の悪い生徒を相手に悪戦苦闘の毎日ですからね」

小栗は、心ならずも謙遜した。自分の教え子はそこそこ優秀だと、内心自負しているからだ。

「そこで、小栗先生に、あいだに入って貰いたいというわけです。これから、彼が無鉄砲というか……大胆というか……そんな壮大な事業計画を説明します。それは、目下進行中の地球温暖化に、密接に関連した事業です。そんな事業計画に対して、懐疑的な立場というか……まぁ、あら捜しというか……そんな批判的な立場からその実体を忌憚なく問いただして欲しいんです。

いわば、これから沼間君が明かす突拍子もない事業計画が被告人で、小栗先生は事業計画の荒唐無稽さを鋭く暴き出す検察官、沼間君は弁護人、私は行司役の裁判員というわけです。

まぁ、そこまで堅く考えなくても……アリストテレスだったか……プラトンだったか……ギリシャの何とかいう哲学者が好んだという対話の手法みたいなものだと、気軽にお考え下さい。

勿論、事業の内容自体については、暫くのあいだ秘密ということにしておいて下さい。そのあたりが、信頼できる小栗先生にお願いすることになったもう一つの理由でもあるんです。

まことにぶしつけなお願いですが、お引き受けいただけるでしょうか？」

渋谷は、当事者対立構造による争点の明確化、という裁判の手法を議論に取り入れようとしたようだ。そう言えば、去年の講演会のあとで、渋谷の自宅で夕食を御馳走になった時、法廷サスペンスの大ファンだとかなんとか話していた。

小栗は快諾した。何といっても、「こんな近場の有名大学の教授とのコネができるなんて、わが校にとっても願ってもないチャンスだ」という打算が働いたのだ。それに、法廷サスペンスは、嫌いな方でもないし。

沼間博士との「対話」

小栗の同意を待ちかねたように、沼間はさっそく話を切り出した。

「小栗先生。日本は資源小国と言われていますよね」

「はい」

小栗はなるべく反対の立場を取るという対話のルールをつい忘れ、簡単に同意してしまった。

「何か輸出できるような資源は、ないんでしょうか?」

「さぁ……」

小栗はしばらく考えてから、

「頭脳ぐらいでしょうかね」

そんな小栗の答えを、冗談と軽く受け流して、沼間は尋ねた。

「水などは、どうでしょうかね?」

「なるほど、水という手があったか。そう言えば……地球温暖化に密接に関係する事業とか何とか言っていたな。あの偽ユダヤ人のイザヤ・ベンダサンは、日本では水と安全がタダだとか何とか……のたまっていたな……それにしても……これは、ずいぶんと露骨な誘導質問だな」小栗は内心では、不承不承同意したものの、

「どうでしょうかね……」

と、どっちつかずの返答をした。沼間は、そんな小栗の心中を見透かしたかのように、話を進めた。

「今、地球の温暖化がどんどん進んでいます。その結果として生じる最大の問題は、水不足です。幸い、日本は四面を海に囲まれているので、その心配はまずありません。これが、近隣のどの国にもない島国日本だけの強みです」

そう言うと、沼間は、手にしたノートに目を落としながら言葉を継いだ。

「日本各地の年間降雨量の平均値は一八〇〇ミリメートルで、日本の総面積は三七万八千平方キロメートルです。掛け算すると、年間降雨量は六八〇〇億トンということになります。ものの本によると、そのうち、三分の一は蒸発し、三分の一は河口から海に放流され、六分の一は地下水として海に放出されます。残りのわずか六分の一が灌漑用水や、飲料などの生活用水や、工業用水として利用されます。

つまり、日本人が実際に利用する量の二倍にあたる年間二三〇〇億トンの水が、河口から海に廃棄されているということになります。これは、温暖化が進んだ今日でも、あまり変わっていないというか……むしろ少しずつ増えています」

「しかし、美味しいミネラル・ウォーターならまだしも、何の変哲もない日本の川の水など……買おうなんて酔狂な人がいますかね?」

小栗は、ことの重大さにまだ気づいていないかのように、さっそく切り返した。沼間は、そんな質問を待っていたかのように、世界の水不足の深刻さについて、語りはじめた。

「水不足は世界中で深刻な問題になっています。さっきも言いましたが、これは地球温暖化の最大の問題点です。水のほかにもいろいろな資源が不足しますが、リサイクルや節約によって何とか凌《しのげ》ます。水となると、そうはいきません。水不足は食料不足と飢餓とに直結します。一トンの小麦を収穫するには、ほぼ一〇〇〇倍、つまり一〇〇〇トンもの水を必要とします（[8]）。ジャガイモや、トウモロコシや、大豆などの他の穀物にしても、似たりよったりです。アジア人の主食の水稲では、三〇〇〇トンもの水が必要です。そんな大量の農業用水は、『バーチャル水』などと呼ばれています。日本は、毎年三〇〇万トンもの穀物を輸入しているので、結局、最大九〇億トンものバーチャル水を世界中の国々から輸入していることになります。牧畜用となると、もっと極端で、一トンの牛肉を生産するのに二万トンもの水が必要です。これが、国際的な批判の的になっています」

「何も、無理にという訳ではなく、相手国の納得づくで買ってる訳ですから……国際的な非難などとは……心外ですな」

小栗は、つい不満を漏らした。沼間は、苦笑しながら頷くことで、小栗への同感の意を仄めかしながら、さらに言葉を継いだ。

「地球温暖化によって気温が一〜二度上昇しただけでも、水の蒸発量が何割か増えます。農地から蒸発してなくなる分を補充するために、これまで以上の農業用水が必要になります。中国では、黄河の流水量だけでも年間五八〇億トンほどで、日本の全ての河川から海に放流される量のおよそ四分の一に匹敵します。農業用水の年間使用量の半分が、三月から六月までの農繁期に集中します。そのせいで、下流では流れが枯れてしまって海までたどりつかないという深刻な『断流化現象』が日常化しています。年間のその日数は、一九九五には一二二日、二〇〇五年には一五六日という具合に増えて来ました。最近では、優に年間二〇〇日を超えています。

中国政府は、南の長江（揚子江）から取水し、これを直径七〇メートルもの巨大な水路で北の黄河まで運ぶという五〇〇億ドル規模の国家プロジェクト「南水北調」を推進してきました。しかし、最近では、肝心の長江でさえも、上流が干上がるなどの異変が起きはじめました。温暖化によって、水源のヒマラヤなどの山岳地帯の氷河はもうほとんど消滅しました。湿潤な降雨地帯も中緯度地帯から高緯度地帯へと移動しました。これは、地球的規模の気象異変です。これが内陸部の乾燥化に拍車をかけています。黄海をはじめ、南シナ海、東シナ海、日本海に注ぐアジアの大河の源流は、アジア大陸の内陸部を水源としているため、氷河の消滅や乾燥化の影響は深刻です。まあ、こういった話は、地球温暖化に詳しい小栗先生に対しては、釈迦に説法といったところでしょうが……」

小栗は、「とんでもない」と謙遜してから、

「そう言えば、アメリカでも、カリフォルニア州など西部の水争いは昔から有名だ。小説家のマーク・トゥエインは、『ウイスキーは飲むもの、水は争うもの』という名言を残したほどだ。彼《か》の地には、水は高所でも金のある方に流れる、という古くからの格言もあるらしい……」

そう思ったが、表向きはこう反論した。

「しかし、なければ困ると言ったって、水の値段など高が知れてるでしょう」

「二〇〇五年に、黄河の水で栽培した穀物の価格は、トンあたり四〇〇ドルでした。それには、穀物一トンあたり一〇〇〇トンの水が使われたとします。すると、水一トンの値段は、当時でも四〇セントを超えなかったということになります。その三年後の二〇〇八年、カリフォルニアのある灌漑区は、年間最大二億五千万トンの水の供給を、トンあたり五〇～六〇セントで水利権者と同意しました。オーストラリアの農業用水は、それよりずっと安く、トンあたり米ドル換算で三セントでした。しかし、あの二〇〇二年以来の空前

の大旱魃《だいかんばつ》で、なんと、一挙に三三倍の一米ドルまで跳ね上がってしまいました。データが古すぎて、最近の深刻な事情は十分には反映されてはいません。最近、主な農業大国が公表する農業用水の情報が、めっきり減りました。各国は、自国の水不足を戦略的な弱点と見て、公表を控えはじめたようです。しかし、近年の干ばつや、地下水源の枯渇によって、水の需要は間違いなく、ますます逼迫しつつあります」沼間は続けた。

「飲料水の不足となると、もっと深刻です。渇水や汚染のため、安全な飲み水を入手できなくなる『ウォーター・ストレス症候群』が深刻な問題になっています。この言葉は、二〇〇六年三月にメキシコシティで開催された『世界・水フォーラム』で初めて登場しました。これに苦しむ人が、中国、インド、メキシコ、アメリカをはじめとする世界の国々で、人類の過半数を占めるようになると予測されました。あれから一二年経った今日、その予想さえもはるかに超える規模で、現実のものとなりました」

蒸発水量の増加によって湿気を保てなくなった熱帯雨林では、樹木が立ち枯れしはじめ、それが消滅するのも時間の問題となりました。シベリヤやアラスカの針葉樹林（タイガ）も、深刻です。最も乾燥する六月には、落雷による森林火災が頻発します。農業用水に限っても、トンあたり一ドルを超えるのは時間の問題です。いや……たぶん、もう超えているでしょう」

「そうなると、日本は毎年二、三〇〇億ドルの水をドブならぬ海に捨てることになります。最近の為替レートを一ドル一五〇円で換算すると、年間三、四〇兆円ほどです。年間の年金支給額に匹敵します」

沼間は、ノートを見ながら淀むことなくすらすらと答えた。

博士の野望―海中河川計画―

「しかし、日本の水をどうやって消費地まで運ぶんでしょうか……タンカーでも使うんですか？　輸送費だけでも、売値の何倍、いや何十倍にもなるでしょう。最近の燃料費の高騰はすさまじいですからね」

小栗は、すかさず、輸送コストという本質を突いた。

「おっしゃる通りです。それに、タンカーで運べる量など、高…が知れています」

「では、飛行機か？　超大型の飛行船か？　運賃はともかく、運べる量はタンカーよりも少ないだろうし……サッカー場三つ分ほどの巨大な輸送用の水袋を開発するというアメリカの案もあったようだが……」小栗は、考えあぐねた。

そもそも、沼間が「タンカーで運べる量など、高が知れています」という言い回しを、「タンカーが知れてます」と、駄洒落で言ったことにも気が付かないほど、小栗は真剣になっていた。そんな小栗の様子を見て、沼間は、これまた、露骨な誘導質問を仕掛けてきた。

「パイプラインでは、どうでしょうか？」

「そう言われてみれば……」

小栗は、いつか読んだことがある「大規模人造河川計画」を思い出した。確か、あれは、何十年も前にリビア政府がぶち上げた計画だった。南部の砂漠の地下から汲み上げた水を、長さ四〇〇〇キロのコンクリート製のパイプラインで、一五〇〇キロほど離れた北部まで、砂漠の中を搬送するという壮大な計画だった。パイプの内径は、四メートルと素人目には巨大なものだった。お蔭で、「中をトラックや兵士がこっそり移動するための、いかにもカダフィのやりそうなカモフラージュではないか？」という疑惑が流れたと言う。そんなおまけまでついていた。そこで、小栗は反論した。

「しかし……消費地の大陸との間には海がありますよ。なにしろ、日本は島国ですからね」

「海の中を通すというのは、どうでしょうか？」

小栗の反論を予期していたかのように、沼間は即座に応じた。

「海中ですか……陸上でさえ大変なのに……海中とはね……」

不意をつかれて、小栗は狼狽した。

「海中と言っても、正確には、海底ですが……その方が、陸上に敷設するより割安だとしたら、どうでしょうか？」

「そんな……」

小栗は絶句した。しかし、すぐに体勢を建て直して反撃に出た。

「創設費用については後ほど詳しく伺うこととして……海中では、維持費や、耐用年数の点で問題があるでしょう。何しろ、海水の塩分で、パイプはすぐに錆びてしまうでしょうからね」

「錆びない素材のものを使うとしたら、どうでしょうか？」

「コンクリート管ですか？　ゴム被覆鉄管ですか？　まさか、ステンレスではないでしょうね？　どれも安くはありませんよ」

「塩ビ（ポリ塩化ビニール）管です。家庭用の水道管や下水管に使われるごくごくありふれた……例のやつです」

「それでは、強度的にもちませんよ。海底では物凄い水圧がかかりますからね」

小栗は即座に応じた。職場が工業高校だけあって、化学、機械、電気の応用分野のことは、同僚にしょっちゅうしごかれている。お蔭で、多少は知ってるつもりだ。

「強度は、ほとんど必要ないのです」

間髪を入れずに、沼間は答えた。小栗は、再び、不意をつかれて狼狽した。

「ちょっと……ちょっと待ってください……仮に、水深一〇〇〇メートルだと……パイプにかかる水圧は一〇〇気圧……ということは、平米あたり一〇〇〇トンです。ちょっとした大きさの塩ビ管では、この水圧に耐えるのは絶対に不可能です」

小栗は素早く概算し、そう反論した。

「小栗先生。それは、パイプが空《から》の場合でしょう。中に真水がつまっていると、そうはなりません」

そんな反論を想定していたらしく、沼間は間髪をいれず、切り返した。小栗は、ロープ際に追い詰めた敵に、強烈な逆転のアッパーカットを食らったような気がした。晴天の霹靂とはこの事だ。沼間教授の言う通りなのだ。海中では、パイプの強度は必要ないのだ。

なぜならば、パイプの内も外も、水で満たされているからだ。深海では何百気圧もの静水圧が外側からパイプに加えられる。しかし、パイプの中が水で満たされている限り、パイプが内側にわずかに凹むだけで、中の水圧は外の水圧とすぐに釣り合ってしまう。外の海水の静水圧と中の真水の静水圧とが相殺し合って、パイプに加わる静水圧は自動的にゼロになる。堅牢な構造どころか、地上に敷設する場合よりもずっと脆弱な構造でいい。

これは、パイプの中身が圧縮されにくい液体だからこそ可能な、偶然のなせる裏技だ。中身が簡単に圧縮される天然ガスなどの気体だと、そうはいかない。中身が空気の潜水艦では、とてつもない堅牢さが必要だ。おまけに、海底ならば、海流や嵐の影響も受けない。繋留機構もごくごく簡単なもので済む。要するに、送水パイプに必要な機能は、中の真水が外の海水と混じり合わないように、仕切る機能（水密性）だけでいい。

そうなると、細長いゴム風船のように、薄いゴムの膜でもいい。そこまで手を抜かなくたって……せいぜい庭の散水用のゴムホース程度のものでいい。海底に敷設する方が、地上に敷設する場合よりも簡単な構造でいい。頑丈な厚肉の鋼管やコンクリート管などは、まったくお呼びじゃない。

やっと合点がいったという小栗の様子に、沼間は満足そうにソファに身を沈め、深い安堵の溜め息を漏らした。

「どうやら、最初の関門はなんとかクリアしたようだね」

渋谷が横から相づちを打った。

以下、小栗が突っ込み、沼間が応じるという一問一答形式の白熱した議論が、理工学オンチの渋谷の眼前で繰り広げられた。そして、沼間の野心的な海中河川システムの全貌が、次第、次第に明らかになっていった。

しかしながら、次章以後の主要テーマである「地球の熱暴走」による人類絶滅の危機に、早く進みたいと気が急く読者も多いことであろう。そこで、この水中河川計画の技術的な全貌については、ごくごく要点だけをかい摘んで、付録として巻末に記述するに留める。格別な興味をお持ちの方は、巻末の付録を参照されたい。

沼間は、最後に「有望な敷設ルート」と銘打って、次のように結んだ。

「東シナ海に面した九州や山陰の河口から、対馬海峡、黄海、渤海を経て黄河の河口に至るものが最も有望です。このルートの直線距離は、一五〇〇キロほどです。海底のアップ・ダウンを入れると二〇〇〇キロほどになるでしょう。北陸、新潟、東北の日本海岸の大きな河川の河口から、黄河の河口に至るルートの直線距離は二五〇〇から三〇〇〇キロほどになります。ロシアや中国東北部の水不足が深刻になれば、北陸、新潟、東北、北海道の日本海岸から日本海を経て、ウスリー川の河口のウラジオストックや朝鮮半島の付け根に至る平面状の全長一〇〇〇キロほどのルートが有望になるでしょう。私の試算によれば、建設費は、陸上に作る場合の数十分の一になります。残念ながら、太平洋を横断してアメリカにまでというのは、とうてい無理ですがね……」

沼間は、そう語り終えると、渋谷の方に視線を走らせた。

それにつけても金の欲しさよ

「さてと……」

渋谷は、やっと自分の出番が回ってきたといった様子で、口を開いた。

「それにつけても……金の欲しさよ！　これは、どんな話の結びにもあてはまる便利な文句なんだそうです。沼間君は、この計画を実現するための資金集めの指南役を僕に依頼してきたという訳です。しかし、一つのシステムの創設費だけでも二兆円は超えます。そんな金額を調達するのは、いくら僕が商売人だからって、ちょっと荷が重すぎます。

第一、国の財政は大赤字で、経産省の金庫は空っぽです。地方の産業振興課などは、もっとひどい。石橋を叩こうともしない日本の銀行は、尻込みするだけでしょう。あのバブル経済の崩壊以来、もう長いこと現金預かり所に徹してきましたからね。個人投資家は、どうか？　こんなご時世でも、数千万の金をぽんと投資に回せるような小金持ちが、日本には何百万人もいるんだそうです。そんな投資家を、一口一〇〇〇万円で数十万口募るとか……一〇〇万円の株券を数百万株発行するとか……何しろ、遠大なプランなんで、出資者が配当の受取りをどれだけ先延ばしにしてくれるか。そこが、ポイントです」

ここまで話すと、渋谷は何か大事なことを思い出したらしく、急に話を変えた。

「あっ、そうそう……その前に、是非ともやっておかなければならないことがあったんです。この計画が技術的にまとも……つまり、確かなものなのかどうかを、小栗先生に鑑定してもらうことでした。この前の講演の一件以来、小栗先生の見識の高さには、すっかり感服してしまいましたからね。要するに、オーラを感じましたからね。そんな訳で、今回も……ついつい甘えてしまって、無理なことをお願いしてしまいした」

渋谷は、そつなく、お世辞も交えながら釈明した。理系オンチの渋谷によれば、ことの真偽は、話し手が発するオーラの強さで判断できるのだという。

「とんでもない。沼間先生の壮大な計画を聞かせて頂いただけでも……今日はほんとに楽しかったです。命の洗濯といったところです。これからも、喜んでお手伝いさせて頂きますよ」

小栗はそう言いながら、海中を走る一本の送水管を、上空をよぎる低軌道の移動衛星の視点で透視してみた。そして、広大な海洋をよぎる直径一〇メートルや二〇メートルの送水管などは、一筋の髪の毛、いや、ナノチューブにも見えないことを改めて実感した。当然の事とは言え、地球の大きさに比べた人間技の矮小さを今更ながらに、痛感させられ、ちょっとばかり、うら寂しい気持になった。しかし、人間社会の現実に立ち返って、こう続けた。

「まずは、受益者、つまり、日本海側の主要河川の河口にある市町村や、県に話を持ちかけて見たらどうでしょうか。石狩川の北海道、雄物川・米代川の秋田、最上川の山形、信濃川の新潟、江川の島根、遠賀川の福岡、筑後川の佐賀・熊本といったあたりです。化石燃料を使わないクリーンな水力発電と、水の輸出とで一石二鳥の経済効果が期待できます。全国各地の『脱ダム宣言』も軌道修正が必要です。各県で資金を積み立てて、共通の夢を一県ずつ順番に叶えていく。そんな昔の「富士講」みたいなやり方も、面白いのではないでしょうか……何しろ、賢い江戸時代人の智恵ですからね。

巨大な国家的プロジェクトとして、この大不況の世の中の経済的な活性化にも役立つでしょう。一九三〇年代のアメリカのニューディール政策以上の経済効果が期待できます」

小栗もいつになく、雄弁に応じた。何といっても、快男児・沼間の大胆不敵な計画にすっかり惚れ込んでしまったのだ。

「なるほど、富士講とはね……いや～なかなかのアイデアですね……そうなると、中国、朝鮮、ロシアなど将来のお得意様についても、中央政府だけでなく地方政府にも出資や協力を呼びかけてみるべきですね……」

沼間も上機嫌で、そつなく応じた。そして、副次的な効果について、こう強調した。

「例え、この計画が当初のもくろみほどには儲からなかったとしても、国際貢献という点で大きな意義があります。少なくとも、日本が他国の貴重な水をバーチャル水として大量に輸入するのは、怪しからんなどという的外れな外国の批判は、払拭できます。

それに、日本の水を利用して命の綱の穀物を栽培するということになると……中国や、朝鮮や、ロシアなど近隣諸国の農民や消費者にとっては、日本はなくてはならない大切な国となります。日本にとっても、隣国は日本が捨てていた廃物に金を払ってくれる大事なお客様になります。命の水を仲立ちにして、売手と買手が命と夢を紡ぎ合う運命共同体になります。このような共存共栄関係は、国家にとって何よりの安全保障の増進にもなります。収益のない軍事費に比べたら、莫大な金額に匹敵する効果を生み出すでしょう。

それに、水や食糧の需要はますます逼迫することはあっても、緩和されることはないでしょう。ウォーター・ストレスの問題も、ますます深刻になり、隣国の人たちの死活問題になるでしょう。今日の我々が行う先行投資が、何十年先という将来にわたって何倍にも、何十倍にもなって、子孫たちの手元に帰って来ることでしょう」

この沼間と小栗と渋谷の三人による討論会は、あの南極海巨大津波のつい四日ほど前のできごとだった。この巨大津波は、その後の三人の運命を大きく変えてしまった。とりわけ、沼間教授の消息はあの津波以来ぷっつりと途絶えてしまった。

それどころか、まさか、その一年半後に、水蒸気を温室効果ガスとする熱暴走によって人類が絶滅への道をたどりはじめようとは。そして、この海中河川計画が、まさに「絵に描いた餅」「砂上の楼閣」に終わろうなどとは、彼らの誰一人として夢想だにできなかったのである。

第三章

悪夢のシナリオ

——地球・熱暴走——

（その一）

小栗琢也登場

二〇一九年五月二六日。あの南極海巨大津波の日から早くも一年あまりが過ぎた。その日は、五月最後の日曜日だった。小栗は、蒸し暑い午後、一人、書斎で来客を待っていた。そんな小栗の心に今でも蘇ってくるのは、あの日のできごとだった。

月島黎明工業高校は、近場の家族と合流した地元の生徒を何人も失った。校舎は原型をとどめないほど大破し、一階は水没した。しかし、そのままに放置されて廃校の運命をたどった。辛うじて生き延びた生徒や教師は、思い思いの方角へ散って行った。津波の被害や、海面上昇による水没を免れた内陸部の高校に転校し、あるいは赴任するためだった。

小栗自身も、杉並区内の普通高校に物理の教師として赴任した。被災地の復興は遅々として進まなかったが、人々は、ようやく落ちつきを取り戻しはじめていた。

「あなた！　琢也さんが見えたわよ！」

百合子の声に続いて、階段を上がる大きな音が聞こえたと思ったら、

「こんにちわ！　叔父さん！」

と言う声とともに、若い男がぬっと書斎に入ってきた。鴨居に頭をぶつけそうなほどの

長身である。薄っすらと不精髭を生やしている。この若者は琢也で、小栗の甥である。小栗と百合子は、子宝に恵まれなかった。百合子の懸命の不妊治療も、今のところ功を奏していない。小栗の兄は、郷里の小学校で教師をしている。幸い、兄夫婦は、男、女、男の順で、三人の子宝に恵まれた。琢也はその末っ子の次男坊で、小栗の母校の理学部の二年生になったばかりだ。小栗のことを大変尊敬していて、ゆくゆくは自分も高校の物理の教師になるという夢を抱いている。

百合子が、いそいそと、ジュースとお菓子を運んできた。琢也の大好物のウニあられと黒豆せんべいが、大きな菓子皿に山盛りになっていた。百合子は、琢也を子供のころから大そう可愛がっていて、折りあらば養子に迎えようと、好機を窺っている。最近、琢也の足が遠のきはじめたような気がするのは、それに勘づいたせいかも知れない。本人には内緒で、という約束を兄嫁が一方的に反故にして、琢也に何か吹き込んだような形跡がないでもない。百合子は、琢也自身や、義兄夫婦の近況などをひとわたり聞き終えると、階下のアトリエへと降りていった。

小栗には、しばらく前から気掛かりなことがあった。それは、あの北欧物産での温暖化の講演を準備している最中に、ふと湧いた懸念であった。

「『水蒸気の温室効果による熱暴走』が、地球でも起きかけているのではないか？」

そんな恐れだった。それは、太古の金星を今日の灼熱の惑星に変えてしまった、恐るべき自然現象だ。

この熱暴走では、温室効果ガスの主役が、これまでの二酸化炭素から水蒸気へとバトンタッチされる。温暖化の速度は、これまでの何十倍、何百倍にも速まる。一旦これが開始されたら、もう人類の手には負えない。この熱暴走は、地球が灼熱化して地上に一滴の水もなくなるまで続く。それに比べると、従来の二酸化炭素による温暖化などは牧歌的とさえ言える。あの南極海巨大津波の犠牲者には、まことに申し訳ない話ではあるが。何故ならば、この水蒸気の温室効果による熱暴走は、ごくごく初期の、わずか数十年ほどで、八〇億人の人類を、間違いなく絶滅させてしまうからだ。

小栗は、この恐ろしい熱暴走について、琢也と議論しようと思い、おりをみていっぺん訪ねてくれるよう頼んでおいたのだった。あの北欧物産で体験した沼間教授との一問一答形式に倣って、自分の恐ろしい疑念を多少なりとも整理してみようと思ったからだ。

太古の金星で何が起きたか？

小栗は、百合子が階下へ下りて行くと、さっそく本題に移った。

「金星は、地球のすぐ内側を回る太陽系二番目の惑星だったよね。太陽との距離は、地球の場合の七〇パーセントほどだ。その結果、金星に入射する太陽の輻射熱の密度は、地球の二倍（〇・七の二乗の逆数）ほどの大きさになる。太陽系の惑星が太陽から受ける輻射熱量（インソレーション）の単位面積あたりの値は、『太陽定数』と呼ばれる」

「地球だと、一平方メートルあたり、え〜っと……あの一・何キロワットとか言う、例のあれですね」と琢也。

「そうそう、現在の地球では、太陽定数は一平方メートルあたりほぼ一・四キロワットだ。これは、太古の昔から一億年に四パーセントの割合でゆっくりと着実に増え続けてきた。『長期的な尺度で見ると、現在の温暖化との戦いよりも、太陽がどんどん熱くなっていることの方が生命にとってはずっと大きな問題だ』そう語ったのは、生物・物理学者のジェイムズ・ラブロックだ。彼は、擬人化された地球、『ガイア』の名付け親としても有名な人物だ。その彼が、地球の太陽定数は、あと一〇億年で一平方メートルあたり二キロワットを超えると語っている」[3])。

「一・〇四の一〇乗は一・四八で、これに現状の一・四キロワットを掛けると二・〇七キロワットになるので……そういう計算になりますね」

琢也は、愛用の科学計算用・小型電卓を素早く叩いて確認した。小栗は、続けた。

「太古の金星も、もともとは、表面が海水で覆われた青い水の惑星だったらしい。現在の地球のようにね。しかし、太陽が次第に熱くなって金星の太陽定数が増え続けた。その結果、海面が暖まり、大気中に放出される水蒸気の量が増えはじめた。太陽光線は、大気中の水蒸気には吸収されずに海面に降り注ぎ、海面を加熱し続けた。温まった海面からは赤外線が放射された。しかし、この赤外線は大気中の水蒸気にほとんど吸収されてしまった。つまり、太陽から受けた熱を、最終的には水蒸気が吸収して、大気中に閉じこめてしまった。これは、地球よりも一足先に金星で開始された、水蒸気の温室効果による熱暴走だ。暴走温室状態と呼ばれることもあるらしい」

「僕も、あの本を読むまでは、水蒸気が温室効果ガスだなんて、夢にも思いませんでした」

どうやら、琢也は、前もって小栗が貸し与えておいた「地球が熱くなる」(地人書館

［1］）を読んでいてくれたようだ。著者のジョン・グリビンは、イギリスの天体物理学者で、世界的に有名な科学雑誌「ネイチャー」の編集にも携わった本格派の科学者だ。三〇年後の今日、改めて読み直して見ると、彼の博識ぶりと洞察力の深さには驚かされる。今日の地球温暖化に関するほぼすべての問題点が網羅されている。地球温暖化のバイブルと言っても過言ではない。

「グリビンの解説によれば、太古の金星では、海面水温が上がり、大気中の水蒸気が増えた。すると、大気中の温室効果が強まってますます海面水温が上がり、水蒸気の大気中濃度が増えた。その結果、温室効果がさらに強まり、海面水温が上がった。そんな具合に、海面水温と水蒸気の大気中濃度が、イタチごっこで際限なく上昇しはじめた。これは、正帰還（「ポジティブ・フィードバック」）のプロセスによる「熱暴走」と呼ばれる現象だ。

正帰還は、ある原因で生じた結果によってその原因が強められる循環的な因果関係だ。逆に、ある原因で生じた結果によってその原因を弱められる現象は、負帰還と呼ばれる。正帰還は自然の状態を不安定にし、負帰還は逆に安定にする」

小栗はこう一気に話すと、さらに言葉を継いだ。

「熱暴走の最終段階では、金星表面の海水がすべて蒸発する、いわゆる『全球蒸発』と呼ばれる恐るべき現象が起こり、海底の岩石が露出した。大量の水蒸気が高空に達し、宇宙線や紫外線などの高エネルギー線によって、水素と酸素とに分解された。軽い水素は宇宙空間に飛び去り、重い酸素だけが残された。過剰になった酸素によって、強い酸化性の大気が形成された。露出した海底の岩石に含まれていた炭素が大気中で酸化され、大量の二酸化炭素が生成された。

蒸発した海水中に数十億年もかけて取り込まれてきた大量の二酸化炭素も、大気中に放出された。現在の金星の表面は、九六パーセントの二酸化炭素を主成分とする分厚い大気の層で覆われている。地表面は九〇気圧で、四八〇℃という鉛や亜鉛も溶ける灼熱地獄だ。これこそが、恐るべき温室効果の正体だ」

「つまり、今日の金星の大気の構造は、太古に起きた熱暴走の原因ではなく、結果を物語るものなんですね」

さすがに琢也だ。呑み込みが早い。

「その通り。原因となった証拠の水蒸気は、紫外線などで分解されて……きれいさっぱりと消え失せてしまったからね。金星が、地球のような青い水の惑星から現在の灼熱地獄になるまでには、一〇億年、いや、それ以上もかかったことだろう。

それは、地球でも起きるか？

「ところで、琢也君……地球では金星のような熱暴走が起きていない。今のところだけどね。それは、何故だったかな？」

小栗は、まずは、軽く探りを入れてみた。

「そりゃ～もちろん……地球の太陽定数が金星の半分ほどと小さかったせいでしょう？グリビンによると、だいぶ前に、ＮＡＳＡの科学者たちが数値計算をしてみたんだそうです。地球の軌道があと少なくとも五パーセントほど太陽に近づくか、現在の太陽定数があと一〇パーセントほど増えないと、熱暴走は起きないという結論になったそうです」

「そうそう。あと一〇パーセントというのは、ＮＡＳＡのエームズ・リサーチ・センターの三人の科学者、ジェームズ・カスティング、オーウエン・トゥーン、ジェームズ・ポーラックらの計算結果だったよね。太陽定数は、さっきも触れたように一億年に四パーセントの割合で増え続けている。ということは……現在の地球の太陽定数は、一八億年前の金星の太陽定数に等しいということになる。一・〇四の一八乗はほぼ二だからね。つまり、地球の太陽定数は、一八億年遅れで、金星の太陽定数の後を追っているという勘定だ。

したがって、もしも……これは、あくまでも、単なる仮定の話としてだよ……金星の熱暴走が一八億年前に、はじまったということがいつか判明したとする。すると、地球でもそろそろ熱暴走が開始されてもおかしくない頃合いということになる」

小栗は、慇懃に念を押しながらも、早速ゆさぶりをかけた。

「でも、さっきのカスティングらの計算結果では、太陽定数は、熱暴走の臨界状態までは、まだ一〇パーセントものマージンがありますよ。ということは、地球で熱暴走が開始されるのは、二億五千万年も先の話です」冷静に応じる琢也。

「その通り。ただし、コンピュータ・シミュレーションの結果が十分に、『信頼できれば』の話だけどね」

小栗は「信頼できれば」というくだりに、やけに力を込めながら念を押し、こう畳みかけた。

「しかし、その保障は、残念ながら……ない。コンピュータ・シミュレーションの信頼性を疑問視する科学者も結構いるらしい。実際に携わった科学者の中にさえもね。事情を知らない部外者は、ただただ、信用するしかない。まさに、『信じる者は幸い』だ。

信頼性の問題はさておいて、叔父さんの考えでは、熱暴走の臨界値は太陽定数だけではない。温室効果の強さも、そんな熱暴走の臨界値の一つだ。これは、太陽定数と共に地球の表面温度を左右する因子だからだ。こんな仮想の実験を頭の中でやってみれば、すぐに分かる。ピンポン玉ほどの大きさの鉄球を細くて長い針金の先に吊す。これに、白熱ランプの強い光を照射する。鉄球の表面温度は、ほとんど上がらない。表面が暖まるにつれて赤外線として逃げ出す熱の量が増えるからだ。これは、「放射冷却」と呼ばれる負帰還のプロセスだ。次に、その表面を、可視光線は通すが赤外線は一〇〇パーセント近く吸収する仮想的な温室効果ガスの層で覆ったとする。すると、どうなる？」

「放射冷却、つまり、負帰還の効果が相殺されて……鉄球の温度が何百、いや何千度にもなり、遂には、溶けだす。そう言いたいんでしょ？」

不承不承に答える琢也。事実とあっては、仕方がない。

「その通り。それと同じ理屈だ。地球の表面温度も、大気の層の温室効果の強さ次第で、いくらでも上がる。例え太陽定数が小さくてもね。勿論、加熱源が小さければ、そのぶん時間はかかるけどね。温室効果という言葉には、なんとなく、のどかで牧歌的な響きがある。実際には、熱を一方通行にしてぎゅうぎゅう詰め込むという、実に奇妙で不気味な現象だ。熱を詰め込まれる側にしてみれば、そら恐ろしくて薄気味の悪い現象だ。われわれがこんな奇妙な現象を身の回りで体験する機会は、ほかにはまずない」

我が意を得たりとばかりに、小栗は断言した。

「それじゃあ、温室効果の強さ次第では、今の太陽定数のもとでも地球で熱暴走が起こる恐れがあるんですか？」

「そういうことだ。水蒸気の最大の供給源は、勿論、海だ。これは、地球の表面積の四分の三ほどを占める。地球表面の海水は全部で一三七万兆トンもある。変則的だが、『京』よりも馴染みの深い『兆』という単位をベースにして表現するとそういうことになる。『兆』は一〇〇万をさらに一〇〇万倍した数だ。この海水の量は、世界地図帳などにも載っている。そんな大きな供給源があるので、地球上の海水がすべて蒸発してしまう『全球蒸発』まで、水蒸気固有の正帰還を持続できるという訳だ。

全球蒸発のかなり手前の段階で、海水中に溶け込んでいる大量の二酸化炭素が大気中に追い出されはじめる。暖まったビールから、二酸化炭素が追い出されるのと同じ理屈だ。一リットルの海水に溶け込んでいる二酸化炭素の量を一グラムと見積もる。すると、海水中に含まれる量は、全部で一三七〇兆トンとなる。現在、大気中に含まれる二酸化炭素の量は二兆トンほどだから、そのざっと七〇〇倍ということになる。海水が全部蒸発してしまうと、現在の海が、今の陸地の上空に移動する。地球表面の大気の量は五一〇〇兆トンなので、大気の成分の九九・六パーセントは水蒸気ということになる。その水蒸気によって地上の気圧は、二七〇気圧ほどになる。これは、現在の海洋の平均深度三八〇〇メートルの海底の水圧三八〇気圧に、地球の表面積に占める海洋の面積比〇・七一を掛け算した値だ」

起きるとすれば、いつ？

「何だか恐ろしい話ですね。じゃあ、今、熱暴走が起きないのは、なぜなんですか？」

琢也は、素朴な疑問を投げかけた。

「一言で言えば、海面水温がまだ低すぎるからだ。熱帯海域の海水の温度は、海面で一番高く、深くなるにつれて少しずつ下がる。海面水温が低いうちは、放射冷却という負帰還のプロセスが、水蒸気の正帰還のプロセスをがっちりと押さえ込む。このため、さっきの鉄球のように、強い太陽光線を受けても海面水温はなかなか上がらない。

おまけに、海面では、気化熱による海面の冷却という負帰還もつけ加わる。叔父さんは、これを『打ち水効果』と呼んでいる。輻射熱量は、海面水温の絶対温度の四乗に比例して

A図

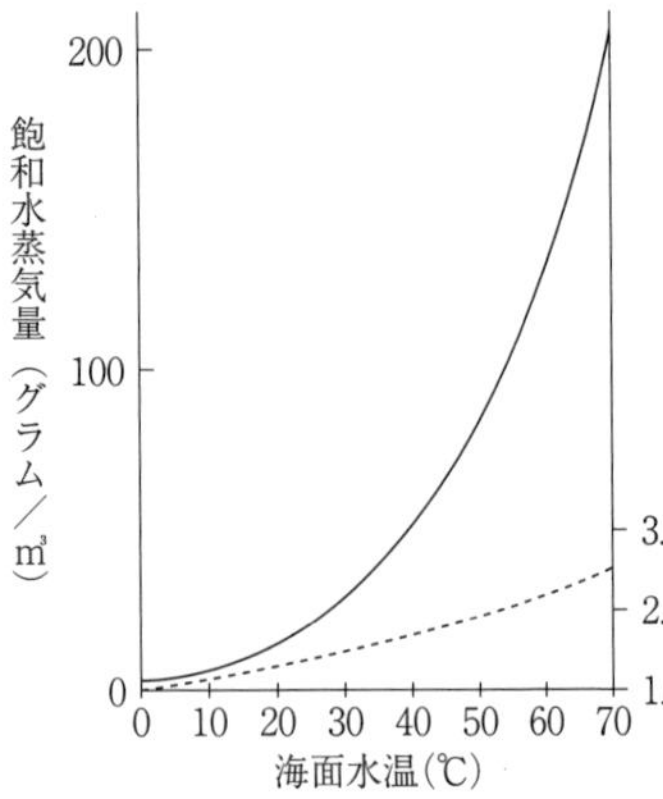

増える。つまり、水温が上がるほど、これを阻止しようとする負帰還の効果が強まる。例えば、三〇℃ほどの海面水温では、一℃上がるごとに、輻射熱量はほぼ一・四パーセントずつ増える。これを図面にすると、A図の点線のようになる。横軸は海面水温（℃）、縦軸は右側の目盛に示すように、〇℃の輻射熱量で規格化した各海面水温における輻射熱量の相対値だ。

　ところが、海面水温に対する大気中の水蒸気の増加率、つまり温室効果の強まり方は、A図の実線で示すように、輻射熱の増加率に比べて五倍も大きい。この実線は、飽和水蒸気量ρwだ。これは、高度ゼロメートル（一気圧）において、一立方メートルの大気中に含まれる水蒸気の最大密度（グラム／立方メートル）だ。ただし、海面と接する高度ゼロメートルの気温は、海面水温に等しいと近似する。

　海面水温が　三〇℃近辺では、海面上の高度ゼロの飽和水蒸気量は、海面水温が一℃上がるごとにほぼ七パーセントずつ増える。しかも、この輻射熱の増加率との格差は、海面水温が高まるにつれて拡大する。結局、いずれは、ある海面水温を境に、水蒸気の温室効果の強さが、放射冷却と打ち水効果による負帰還の大きさを上回ることになる。するとえ、海面から大気の層を通して逃げ出す輻射熱量は、海面水温が上がるにつれてかえって減りはじめる。あとは、水蒸気が本来持っている正帰還のプロセスに従って、水温は自動的に上がりはじめる。これが太古の金星で起きた熱暴走のはじまりというわけだ。水蒸気の大気中濃度と温室効果の強さの関係は、まだ判然としない。したがって、海面水温が何℃になると臨界状態に達するのかは、推測の域を出ないというのが実情だ。

ちなみに、「熱暴走（thermal runaway）」は、正帰による際限のない温度上昇を意味する学術用語である。この用語は、一九四〇年代半ばにトランジスタが発明されたことで、電子物理学や電子工学の分野に登場した。トランジスタの素材の半導体では、温度が上がると、電気抵抗が減る。その結果、電流が増えて発熱量も増える。すると、半導体内部の温度がさらに上がって、電気抵抗が減り、電流と発熱密度がますます増える。そんな正帰還のプロセスは、素材の半導体が高温で溶けてしまうまで続き、遂には、トランジスタが焼き切れる。これに対して、ニッケル・クロム合金や鉄や銅などの金属は、温度が上がると電気抵抗が増えるので、熱暴走は起きない。

コンピュータは、トランジスタなどの素子を使って動作する。このため、真夏の暑さなどで素子が熱暴走を起こして焼け切れてしまい、システム・ダウンが起きやすくなる。これに対して、野牛や、家畜や、若者などの「暴走」には、「熱」はつかない。単に、暴走(stampede)という「群衆心理」による制御困難な混乱状態を意味する純粋に文学的な用語である。

温室効果ガス・水蒸気の恐るべき正体

「ところで、温室効果ガスには、水蒸気やメタンガスなど天然のものも含めて、いろんなものがある。現在進行中の温室効果は、天然や人工のいろんなガスの温室効果が重なり合って起きている複合的なものだ。温暖化即《そく》人為的ということで……人為的に増えた二酸化炭素だけが槍玉に挙げられてきた。天然の水蒸気が地球温暖化に大きな影響を与えているという実情を一般市民が認知するようになったのは、つい最近のことだ。

これは、このB図を見れば一目瞭然だ。この図は、一九六四年にR・M・グッディが、オックスフォード大学プレスから出版した「大気放射I」という文献に掲載されたものだ。驚いたことに、これが公表されたのは、もう半世紀以上も前のことだ。今では、「新教養の気象学」（日本気象学会編　朝倉書店）、『一般気象学』（小倉義光著　東京大学出版会）、『気象予報士試験』（ナツメ社）などにも転載されていて、少なくとも気象関係者の間では常識だ。

Ｂ図の最上段は、地球に入射する太陽放射と、地球表面から宇宙空間に逃げ出す地球放射のスペクトルだ。横軸が波長（一〇〇〇分の一ミリ、つまりミクロン（μm）の単位）で、縦軸が各波長における相対的な放射強度と波長との積だ。これに対して、最下段は、地球の大気の層全体による赤外線の吸収率（パーセント）で、中段は高度一一キロメートル以上の高空の大気のみによる吸収率だ。水蒸気、二酸化炭素（CO_2）、メタン（CH_4）、オゾン（O_3）、一酸化二窒素（N_2O）などの吸収帯が最下段に示されている。

高空では気圧が下がるので、大気は膨張して希薄になる。すると、温室効果ガスの密度も減って、当然、赤外線の吸収率も減少する。これは、すべての温室効果ガスに共通する現象だ。ところで、高空では気圧だけでなく気温も下がる。二酸化炭素などの温室効果ガスは、気温に関係なく大気中に一定の濃度でまんべんなく混じり合う。ところが、温室効果ガスの中で水蒸気だけは別格だ。高度が増して気温が下がると、その大気中濃度が急減するからだ。これは、Ａ図の飽和水蒸気量で見た通りだ。

B図

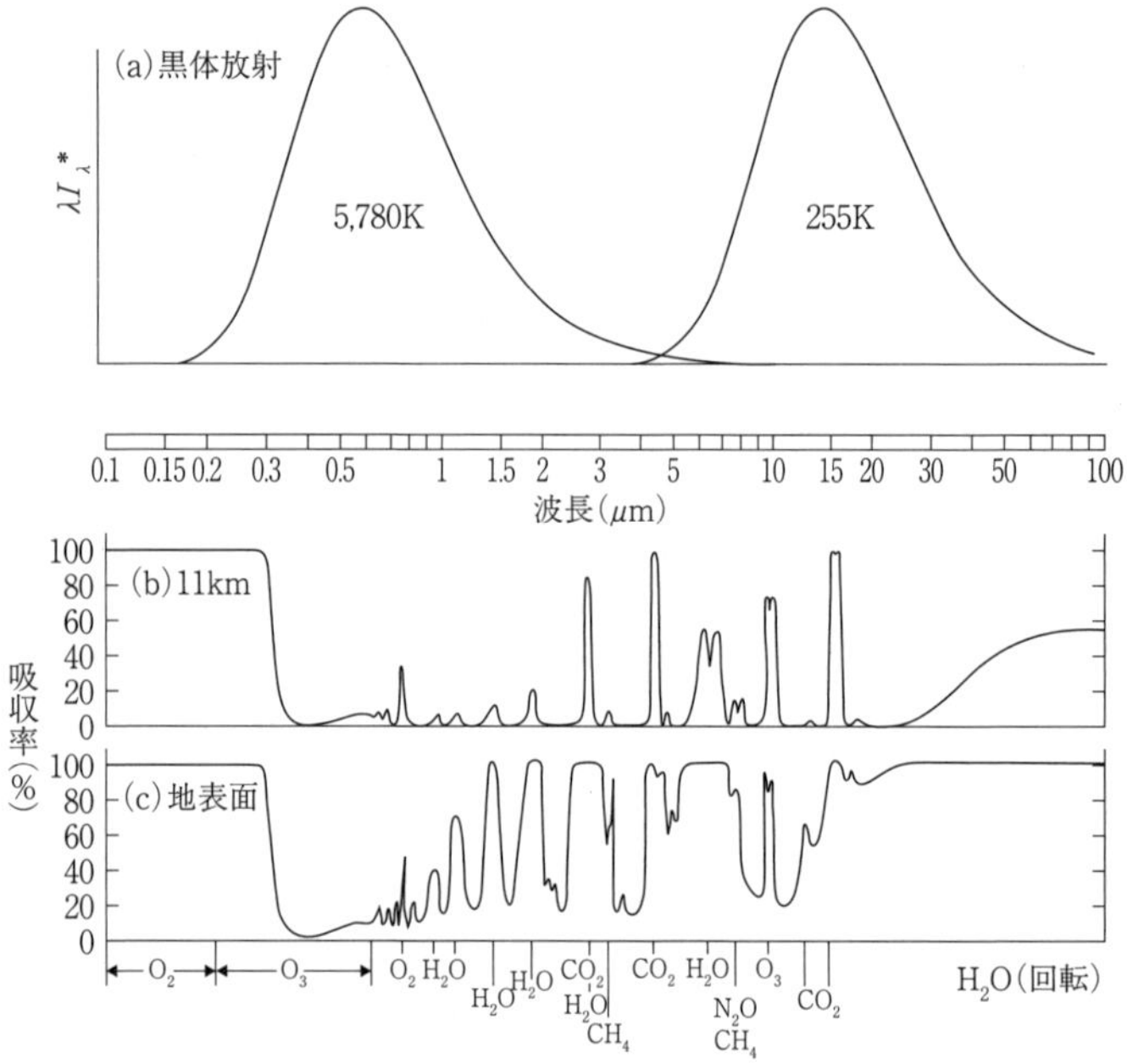

その結果、水蒸気の濃度は、高度の増加に伴って気圧も気温も低下するという二重の原因が重なって激減し、当然、赤外線吸収率も激減する。このように、高度に対する赤外線吸収率の変化の様子が、水蒸気とそれ以外の温室効果ガスとでは大きく異なる。この違いを利用すると、ある赤外線吸収帯が水蒸気のものか、それ以外の温室効果ガスのものかを簡単に見分けることができる。

つまり、B図の中段に示さ

れる高空の大気だけによる赤外線の吸収率と、最下段に示される大気の層全体による赤外線の吸収率とを比較する。すると、中段の吸収率が最下段の吸収率よりも激減している吸収帯がいくつも存在する。それらが、水蒸気の吸収帯という訳だ。

例えば、波長一八ミクロン以上の吸収帯は水蒸気のものだ。また、波長一五ミクロンの吸収帯は二酸化炭素のもので、その両側にある一三ミクロンと一七ミクロンの吸収帯は、どっちも水蒸気のものだ。

Ｂ図を一瞥《べつ》して気付くことは、二酸化炭素や、オゾンや、メタンについては、狭い吸収帯が跳び跳びに存在することだ。一つ一つの吸収帯の幅も狭い。おまけに、最下段に示すように、大気の層全体について見れば、ほとんどの吸収帯が一〇〇パーセント近い吸収率に達している。そんなほぼ飽和した吸収率の吸収帯を、単に、『飽和した吸収帯』と呼ぼう。これとは対照的に、水蒸気の吸収帯は、数も多く、広い波長帯にわたってまんべんなく分布している。一つ一つの吸収帯の幅も広い。

「それにしても、二酸化炭素や、メタンや、オゾンなどに比べて、水蒸気の吸収帯だけは、なぜこんなにも広いんですか？」

「これは、水分子の独特の構造によるものだ。水分子では、大きくて重い酸素原子の両側に、小さくて軽い水素原子が一個ずつ配列されている。三個の原子の中心を結ぶ線分が、二酸化炭素のように直線状ではなく、V字状に折れ曲がっている（「地球温暖化」伊藤公紀、日本評論社［5］）。これが原因で、水（液相）の電気的な活性度や、水蒸気（気相）の光学的な活性度が極めて高くなる。

B図によれば、水蒸気の吸収帯は、赤外線だけでなく短波長の可視光線の波長帯まで広がっている。長波長側も電波の領域まで大きな吸収率を示す。さらに、V字状の非対象構造のため、水分子の内部で電荷の分布が偏在する。これは、電気分極と呼ばれる現象で、その結果、水分子が電気を帯びる。二個の水素原子が偏在した側が正に帯電し、大きな酸素原子が偏在する側が負に帯電する。すると、水分子どうしがクーロン力で引き合う水素結合と呼ばれる現象が起こり、クラスター（ブドウの房）状になる。このため、分子どうしをバラバラに引き離すのに大きな熱エネルギーが必要になる。

その結果、大きな気化熱、凝結熱、融解熱を持ち、さらに、水蒸気は大きな比熱を持つ。B図中の1ミクロンほどの可視光線の吸収帯は、水分子どうしの分離に必要な熱エネルギーであろう。こんな水分子の特異性は、量子論も含めた物性論によって明快に説明できる。琢也君も、そのうち授業で教わるはずだ。今は、この程度の説明でご容赦願いたい。

創造主の警告

何といっても、水蒸気の吸収帯の最大の特徴は、最下段に示す大気の層全体の場合でさえも、赤外線の吸収率が未だ飽和していない『未飽和の吸収帯』が存在することだ。特に、七ミクロンから一三ミクロンにわたる波長帯に、赤外線の吸収率が二〇パーセントから三〇パーセントという『未飽和の』広い吸収帯が存在する。この水蒸気の窓の短波長側も長波長側も、吸収率がほぼ一〇〇パーセントの水蒸気の吸収帯で囲まれている。

この水蒸気の吸収帯は、人類に唯一残された貴重極まりない未飽和の吸収帯だ。この窓は、『赤外線の窓』とか、『大気の窓』とか呼ばれる」

「『水蒸気の窓』と呼ぶこともできますよね。それにしても、オゾン（O_3）の吸収帯が窓の真ん中にあるのが何とも皮肉ですね」

「『水蒸気の窓』か。それも悪くないね。いくつか存在する二酸化炭素の吸収帯は、どれもうほぼ飽和してる。対照的に、水蒸気の窓の内部だけは、まだだ。温暖化が進んで水蒸気の量が増え続けると、窓の内部の赤外線吸収率も増え続ける。つまり、唯一残された貴重な『水蒸気の窓』が、温暖化の進行につれてどんどん塞がれてゆき、温暖化が加速され続ける」

「でも、叔父さん。B図では、二酸化炭素の吸収帯は、どれももうほぼ飽和しているか、水蒸気の吸収帯の中に埋もれてしまっていますよね。と言うことは、二酸化炭素の大気中濃度がこれ以上増えても、温暖化はもう進まないと言うことですよね？」

「そうだね、グリビンは、もう三〇年も前に、こんな大胆な解説を行った。

『大気中の二酸化炭素が三〇〇ｐｐｍから六〇〇ｐｐｍへと二倍になったとしても、温室効果によって捕らえられる熱量は一平方メートルあたり平均四ワット増えるに過ぎない。二酸化炭素が急増しても、捕らえられる熱量が少ししか増加しないのは、地球から逃げ出そうとする一三～一七マイクロメートル（ミクロン）の波長の熱が、すでに大量に存在する二酸化炭素によって大部分が吸収されてしまっているからだ』（［1］）と。

グリビンは、当時のアメリカの気象衛星ニンバス4号が得た地球放射の観測データから、一三～一七ミクロンにかけて存在する三つの吸収帯を、二酸化炭素の単一の吸収帯と誤解していたようだ。まあ、大勢に変わりないけどね。

何と言っても怖いのは、グリビンの予想の範囲を超えて気温が上がることだ。そして、増えた水蒸気によって大気の窓が塞がれてしまい、それが熱暴走の引金となることだ」

「僕が知っているのは、ここ数年間の変化だけです。それでも、温暖化は目に見えて進みましたからね。すると、やっぱり元凶は、水蒸気なんでしょうか？」

「う〜ん。それはないね。熱暴走がはじまる前は、水蒸気は温暖化の牽引役にはなり得ない。温暖化の結果として増えるだけだ」

小栗はなかなか核心に触れない。琢也にしてみれば、なんとももじれったい。

「叔父さん、二酸化炭素が倍増しても、水蒸気の窓さえなんとか開いてくれていれば、人類にいきなり危険が迫ることはありませんよね」

琢也はせっかちに同意を求める。無理もない。将来ある若者としては、一刻も早く、自分の将来を安堵して貰いたいのだ。

「そう願いたいんだが……。まず、気温がどれぐらい上がるかが分からないとね。少なくとも、水蒸気による熱暴走には発展しないような小幅な上昇幅に収まらないと。もう三〇年も前に、退官したばかりのイギリス気象庁の元長官が、こんな発言をしたことがある。『イギリス気象庁の最新のＧＣＭの予測によれば、二酸化炭素等価濃度が倍増すると、地球の平均気温が五・二℃上昇し、北極は一二℃も上昇するだろう』と。

この発言は、当時としてはだいぶ過激だったらしく……彼の古巣のイギリス気象庁は、その発言は公式のものではないと、もみ消しにやっきとなった（(1)）。最近の予測によれば、二酸化炭素濃度の増加の具合に応じて、今世紀中に、地球平均気温が最低一℃から最悪六℃の範囲で上昇すると言われている」

「ところで、琢也君は気付いただろうけど、B図の最上段によれば、地球放射のスペクトルのピークがこの『水蒸気の窓』の近くに存在していることが分かる」

「本当ですね。ピークの近くに窓が存在すると言う訳ですね。偶然にしては、不思議な一致ですね」

「叔父さんは、これは、偶然じゃなくて、創造主が人類に与えてくれた『執行猶予』という恩恵だと思う。もしも、窓と地球放射のピークがもっとずれてたら、とっくの昔に水蒸気を温室効果ガスとする熱暴走がはじまっていたわけだから。窓は放射の波長の領域にあってこそ役立つわけだからね。宇宙の創造主は、『二酸化炭素による地球温暖化の次に水蒸気による熱暴走が控えている』という真相を人類が悟るまでに必要な時間的猶予を、窓と放射のピークをずらすことによって与えてくれていたんだ。この執行猶予の恩恵を最大限に活用すれば、人類にはまだ生き延びるチャンスが残されている」

赤外線の再放射

「叔父さん、原因はともかく、この十何年間、温暖化が進んできたことだけは確かですよね。でも、その主な原因は二酸化炭素じゃないんですよね。グリビンによれば、二酸化炭素の赤外線吸収率は、もう三〇年も前からほぼ飽和しているんでしょ？　何しろ、赤外線吸収率は一〇〇パーセント以上には増えませんからね。叔父さんは、原因は水蒸気でもないと言うんでしょう？　じゃあ、一体、何が原因なんですかね？」

「まあ、やっぱり……二酸化炭素の大気中濃度が増えたことが最大の原因だろう」

「それじゃあ、グリビンの解説は間違っていたんですか？」

「そうとも言えない。彼は、二酸化炭素の赤外線吸収率は、その大気中濃度の対数値に比例して増えるとも分析してるからね。しかし、そう考える根拠や、そうだとすれば、気温がどのぐらい上がるかについては、明確にしていない。当時のグリビンは、増えた水蒸気によって大気の窓がだんだんと塞がれていくことには、さほどの危機感を抱いていなかったようだ。二酸化炭素の増加による気温上昇幅は、小さいと踏んでの事だろう」

「じゃあ叔父さん。赤外線の吸収率が一〇〇パーセントに近づくと、鉄球が溶けると言うさっきの話、あれは嘘だったんですか?」

「ごめん、ごめん。話を少々単純化しすぎただけだ。溶けるほどにはならない。現に、金星の大気中の二酸化炭素の濃度は地球の三〇万倍もあるが、表面温度は四八〇℃ほどにすぎないからね。二酸化炭素の赤外線吸収率が飽和したあと、その濃度がさらに増えるとどうなるか? この疑問を解く鍵は、大気の温暖化と、暖まった大気からの『赤外線の再放射』にある。(「地球温暖化問題懐疑論へのコメント」明日香等[7])」

「叔父さん。その再放射って何ですか?」琢也は納得がいかない。

「これから、それを説明しよう」

そう言って、小栗は、「赤外線の再放射」について説明しはじめた。しかし、この話は多少専門的なので、込み入っていて分かりにくい。そんな読者の方は、この項を読み飛ばして次の項に進まれたい。

「簡単のため、温室効果ガスが二酸化炭素だけだと仮定しよう。二酸化炭素に吸収されるのは、B図に示されるような限られた波長帯の赤外線だ。これを『吸収波長帯成分』と名付けよう。これ以外の波長帯の赤外線は、大気中を通過して大気圏外に逃げ出す。これを『透過波長帯成分』と名付けよう。海面や地面から放射された赤外線のうち吸収波長帯成分は、飽和した二酸化炭素に必ず吸収される。これが吸収率一〇〇パーセントの意味だ。この吸収波長帯成分を吸収した二酸化炭素は、熱を得て暖まる。この得た熱は、二酸化炭素から空気へと伝えられ、空気が暖まる。暖まった空気は、その気温に応じた放射スペクトルの赤外線を再放射する。この再放射のスペクトルは、B図の最上段の地球放射で示すような、チューリップハットのような形をしている」

「ということは、二酸化炭素に吸収されない透過波長帯成分もそれに含まれるんですね？」

「そういうこと。再放射のスペクトルがチューリップハットのような形をしてるということは、当然、透過波長帯成分もそれに含まれるということだ。つまり、二酸化炭素に一旦吸収された吸収波長帯成分から、大気圏外に脱出可能な透過波長帯成分が再生され、この透過波長帯成分として、赤外線が大気圏外に脱出するという訳だ。二酸化炭素の吸収率が飽和したと言うことは、赤外線が吸収波長帯成分のまま脱出できる可能性がゼロになったということだ。しかし、二酸化炭素による吸収と、二酸化炭素から空気への熱伝達と、暖まった空気からの再放射というプロセスを経て、透過波長帯成分に再生され、脱出可能になる」

「叔父さん、赤外線を吸収した二酸化炭素が暖まると、なぜ周りの空気も暖まるんですか?」

「そうだね……二酸化炭素などの温室効果ガスの分子は、自身よりも何千、何万倍も高密度の空気分子……じゃなくって、窒素分子や酸素分子との衝突を頻繁に繰り返す。どの分子も、秒速数百メートルの熱速度で大気中を飛び回っているからだ。窒素分子どうしの衝突の頻度は、気体運動論の公式で与えられる。つまり、二の平方根と、πと、分子の密度nと、数オングストロームほどの分子の直径aの二乗と、平均の熱速度との積で与えられる。低空の窒素分子の密度は、一立方センチメートルあたり、百万兆(一〇の一八乗)個ほどの大きな値だ。すると、この衝突の頻度は一秒間に数十億回というべらぼうに大きな値となる。酸素、水、二酸化炭素の、窒素分子との衝突の頻度もほぼ同程度だ。

それぞれの気体分子は、衝突のたびに、自身の持つ熱エネルギーの一部をやり取りする。その結果、赤外線を吸収して高温になった二酸化炭素から低温の窒素分子や酸素分子(空気)へと熱が伝達される。この伝熱の様子は、物理学の気体運動論や、統計力学や、熱力学の基礎として詳細に余すところなく、解明されている。琢也君も、そろそろ授業で教わるはずだ。分子どうしの衝突の頻度が十分に高いので、二酸化炭素が赤外線を吸収して得た熱は瞬時に空気に伝達され、二酸化炭素は直ぐに次の赤外線を吸収できる状態に戻る。

このように、温室効果ガスの吸収帯が飽和した後でも、その大気中濃度が増え続けると、赤外線の吸収／再放射の頻度も増え続ける。大気中で再放射された透過波長帯成分の一部は、海面に入射してそこを暖め続ける。つまり、海面水温は上昇し続ける。大気中でも、空気に吸収された熱の全部が再放射されることはない。このため、空気の温度、つまり気温は、赤外線の吸収／再放射の頻度が増えるにつれて、再放射されなかった分によって上がり続ける。

どの程度上がるかは、実際に数値計算をしてみないと分からない。残念ながら、われわれ部外者に唯一残された選択肢は、計算モデルとプロセスと結果の信頼性を信じるか否かだ。

「なるほど……二酸化炭素の吸収率が飽和してからでも、その濃度が増えると、温暖化が進行し続けるんですね。われわれに残された選択肢は、気温の上昇幅が最悪でも六℃に留まるという予測結果を信じるか否かだけですね」

「その通り！　正に、『信じる者は、幸いなり』という訳だ」

人為的発熱でも進む温暖化

「叔父さん、今進行中の温暖化が、熱暴走のごくごく初期の段階ってことはないんでしょうね？」

琢也は、さっきからだいぶそれを気にしている。

「いや、それはないだろう。少くとも熱帯の海域の海面水温が、最低限三五℃は超えないとね……さっきも言った通り、熱暴走の前には、水蒸気が温暖化の牽引役となることはない。水蒸気の量は、原因が何であれ、温暖化の結果として増えるだけだ。

さっきも触れたように、大気には受け入れることのできる水蒸気の上限値があり、飽和水蒸気量と呼ばれている。まあ、定員枠といったところだ。この定員枠を超えた分の水蒸気は、大気中から追い出され、雨滴などの形で海面や地面に回収される。この水蒸気の定員枠は、気温が上がるにつれて、A図の実線で示したように、急峻な曲線を描いて増え続ける。

太古の昔から今日まで、二酸化炭素の大気中濃度に応じて、温暖化や寒冷化の歴史が繰り返されてきた。温暖化の局面では、上がった気温で決まる水蒸気の定員枠が少しだけ増え、水蒸気の量も少しだけ増えた。すると、温室効果が二酸化炭素単独の場合よりも強まり、気温も上がる。すると、定員枠が増えた分、また水蒸気が増える。その結果、気温が上がる。温室効果がないと仮定した場合の、地球の平均気温の理論値はマイナス一八℃だ。実際には、温室効果のせいで、プラス一五℃になっている。つまり、地球の平均気温は、温室効果のせいで三三℃も高くなっている。

この三三℃の値は、二酸化炭素の弱い温室効果が水蒸気によって何倍かに拡大された結果だ。つまり、水蒸気は二酸化炭素の微弱な温室効果を何倍かに強めることで、複合的な温室効果の強さと気温の上昇幅を『増幅』する。この水蒸気による温室効果の増幅という現象は、もう三〇年も前にグリビンが指摘している。当時は、水蒸気による増幅の倍率はだいぶ小さくて三倍ほどの値だった。この増幅の倍率は、温暖化が進むにつれて激増する。温暖化が進むほど、二酸化炭素の赤外線吸収率は頭打ちになるが、未飽和の水蒸気の量、したがって赤外線吸収率は加速度的に増えるからだ」

「それじゃあ、発端となる最初のわずかな温度上昇は、二酸化炭素の温室効果に限らないってことですよね。化石燃料の燃焼に伴う発熱や、原子力発電で作られた電力を家庭や工場で消費したことによって生じる発熱などでもいいんですよね。要するに、人為的に発生させた熱……つまり、現在の地球に入射する太陽熱や地熱などの自然エネルギーによらない人為的な発熱でありさえすれば何でも……水蒸気の温室効果によって増幅されて地球の平均気温を余分に高めるという点で、同じ結果を招きますよね。早い話が、原子力発電所から出る温排水によっても海面水温や気温が上がりますよね。密集した都会では、人為的な発熱によって気温が上昇するヒート・アイランド現象などが有名ですよね」

琢也は、鋭く突っ込んだ。

「う〜ん。そう言われてみれば、そういうことになるね……正直言って、叔父さんも、それには気がつかなかった。原子力発電などによる人為的な発熱も、太陽熱や地熱などの自然エネルギー以外のものであれば、地球温暖化は進行し続けるという訳だ。つまり、太陽光線、あるいはそれから派生する風力エネルギーや、波力エネルギーなどの自然のエネルギー源に転換しない限り、温暖化は止まらないという訳だ」

「もしも、人為的発熱による温暖化への影響が意外に大きかったとしたら、二酸化炭素の温室効果を過大に評価してきたことになりますよね。化石燃料を燃焼させた時には、二酸化炭素の放出だけでなく、必ず放熱も同時に行われてきましたからね」

「それぞれの温暖化への影響の大きさを切りわけて個別に評価しないとね。地球温暖化の原因をすべて二酸化炭素の温室効果のせいにしてきた訳だ。原子力や将来の核融合発電は、二酸化炭素の排出を伴わない大量の人為的な発熱だ。ガイアがその誕生以来全く経験したことのない初めての現象だ」

ちなみに、地球では、ここ一〇〇万年ほどの期間は、ほぼ一〇万年間続く氷河期と、ほぼ一～二万年間続く温暖な間氷期とが、交互に繰り返されてきた。地球の平均気温は、氷河期間中は一二・五℃ほどに低下し、間氷期間中には一五・五℃ほどに上昇した。つまり、地球の平均気温の変動幅は、わずか三℃の範囲内にきっちりと収まってきた。氷河期というと、地球上どこもかしこもぶ厚い氷河に覆われた極寒の世界を、ついつい想い浮かべてしまう。これは、人類のリーダーを自認してきた欧米人の視点による氷河期だ。彼らは、あまり快適とは思えない寒冷の高緯度地方に住んでいたからだ。滅多に手に入らないマンモスなどの大型の獲物の肉を長期間喰いつなげるよう、自らが天然の冷蔵庫の中を選んで住んでいたという訳だ。氷河期の地球の平均気温の一二・五℃という値は、今日の松本や仙台の年間平均気温一一・二℃や一一・九℃に比べても少し高いほどの値だ。

この一〇万年周期は、地球の公転軌道の変形（楕円形の公転軌道の離心率の変化）に伴う氷河期と間氷期における年間のインソレーションの差によって生じた。にわかには信じられない話だが、このインソレーションの差は、氷河期と間氷期とでわずかに〇・一パーセント未満だ。これは、ジョン・インブリーらのアメリカのＳＰＥＣＭＡＰグループによって解明された恐るべき真相だ（[1]）。

この〇・一パーセントという値は、年間の日射時間八七六〇時間に対して、わずかに八・八時間分の日射時間の長短に相当する。この事実は、上空の雲量の平均値が、百万年もの長きにわたって〇・一パーセント以下の変動範囲に収まってきたということを物語っている。さもなければ、公転軌道の変形によって氷河期と間氷期が規則正しく交互に出現することはあり得ないからだ。これは、また、雲量の大小が地球の気象に絶大な影響を及ぼすという事実も物語っている。

現在、温暖な間氷期が開始されてから一万年ほど経っていて、地球の平均気温は一五℃を少し超えたところだ。ここ一〇〇万年間に生じた一〇回近くの先例からすれば、地球の平均気温がそろそろ上昇から下降に転じはじめる頃だ。ところが、今度ばかりは、そうではない。今後わずか一〇〇年間で、最悪六℃ほどの平均気温の上昇が生じるかも知れないと予想されているからだ。ここ一〇〇万年間の地球の歴史において、現在進行中の地球の温暖化がいかに前代未聞の型破りな異常現象であるかが分かる。こんな異常気象が起こるのであれば、これが地球・熱暴走という究極の異常現象に発展することもあり得ないことではない。気がついてみたら、人類の力は、いつの間にか、宇宙の営みを根底から狂すほどに強大化してしまっていたという訳だ。

「叔父さん。だいぶ前の……あるソーラーパネル・メーカーの宣伝文句を思い出しました。なんでも、人類が人為的に発生させる年間の熱量は、地球に降り注ぐ日射量のわずか一時間分にすぎなかったんだそうです。そんな、わずかなもんですか？」

「そうだね。これは、琢也君が言い出した『人為的発熱による温暖化』という大事な問題に関連することなので、念のため確認しておこう。叔父さんは、だいぶ前、化石燃料の燃焼で大気中に放出される二酸化炭素の量を概算したことがある。そのとき……ついでに発熱量も概算したことがあった」

そう言いながら、小栗は本棚から古ぼけたノートを引っ張り出した。

「えぇ～っと。二〇〇五年当時、世界の一日あたりの石油消費量は、八二四六万バレルだった（BP, Statistical Review of World Energy 2006)。一バレルを一六〇リットル、石油の燃焼による発熱量を一リットルあたり九二五〇キロカロリーと近似すると、この八二四六万バレルの石油の燃焼による発熱量は、一日あたり、一二〇兆キロカロリーだった。

その他の発熱量として、石炭や天然ガスなど石油以外の化石燃料の燃焼によるものや、原子力発電で発生させた電力を工場や家庭で消費したことによる発熱量や、発電の際に生じる熱損失もある。それらの合計を、概ね石油の燃焼による発熱量の二倍と推定する。すると、当時の人為的な発熱の総量は、一日あたり三六〇兆キロカロリーとなる。

これに対して、地球の反射率を〇・三として、そのインソレーションを概算すると、一日あたり、えぇ～っと……二六〇万兆キロカロリーだ。この値で、当時の人為的な発熱量を割り算すると、えぇ～っと概ね〇・〇一四パーセントだ」

「やっぱり、意外と小さいんですね。年間の日射時間八七六〇時間に対して、えぇ～っと……一・二時間分の日射量ですね。例のソラーパネル・メーカーの宣伝文句の通りでしたね」

「これは、二〇〇五年当時の発熱量だ。その後の一四年間に、中国、インド、ロシア、中東産油国、イランなどの新興諸国のエネルギー消費量は加速度的に急増した。それでも、国民一人あたりの消費量に直すとアメリカよりも少ないと、各国は主張している。現在の世界の人為的発熱量は、二〇〇五年当時に比べると、控え目に見積もっても五〇パーセントは増えているはずだ。すると、現在の人為的な発熱の総量は、一日あたり五四〇兆キロカロリー、インソレーションの〇・〇二パーセントだ」

「それでもだいぶ小さいですね」

「そうかな？　何しろ、地球の気候を氷河期から間氷期へ、間氷期から氷河期間へと劇的に変化させて来たインソレーションの差はわずか〇・一パーセントだったんだからね。〇・〇二パーセント言えば、その五分の一に匹敵する値だ。そう考えると、この人為的発熱量は結構大きな値と言えるんじゃないかな」

「そうですかねぇ」

琢也は、こう応じると、突然、何か思い出したらしく、こう言葉を継いだ。

「あっそうそう。叔父さん。温暖化の原因は、太陽活動の活発化だとする学説もあるようですよ。あれは、どうなんでしょう？　なんでも、一五〇〇年周期らしいですよ」

「う〜ん。もう少し様子を見ないと、何とも言えないね。しかし、原因が二酸化炭素の温室効果でも、琢也君が言いだした人為的発熱でも、太陽活動の活発化でも、問題は、地球が温暖化してるという結果なんだ。この温暖化の先に待ち受けるのは、水蒸気の正帰還による熱暴走だ。二酸化炭素などによる温暖化がこれを回避できる範囲内に留まるかどうか、それが問題だ」

小栗と琢也の検討会は、まだ終わりそうにない。

第四章

悪夢のシナリオ

——地球・熱暴走——

（その二）

地球を冷やす天然クーラー

小栗と琢也の検討会は、まだ続いている。

「叔父さん、例のＩＰＣＣは、温室効果ガスの水蒸気をどう評価してるんでしょう？」

「そう言えば、叔父さんもそれを確かめたことがない。彼らは、グリビンの著書や、さっきのＢ図の出典となったグッディの論文には当然に、目を通しているはずだ。しかし、何てったって、今のところ、水蒸気は自ら増えることはないので、温暖化の脇役に過ぎない。現段階での主役は、何と言っても、人為的に増えている二酸化炭素だ。その抑制がうまく行きさえすれば、その先に待ち受ける水蒸気による熱暴走もおのずから回避できるという訳だ。きっと、そんな風に考えているに違いない」

「でも、水蒸気の危険性が過少評価されてるって恐れはないんでしょうか？　水蒸気への楽観論や懐疑論も、いろいろとあるようですからね。例えば、水蒸気は大気中の滞留時間が短いので、危険はないっていう楽観論もあるそうですよ。平均一〇日ほどで雨になって、大気中から海面や地面に回収されるからだそうです」

「そんな尺度は、二酸化炭素や亜酸化窒素などのように、供給源の限られた温室効果ガスに限ってのものだ。つまり、海面上の天然の水蒸気については……ナンセンスだ。前の水蒸気が海面に回収されるや否や、気温で許される一定量になるまで、新らしい水蒸気が自動的に、しかも無制限に補充されるからだ。そして、古い水蒸気も新らしい水蒸気も、温室効果ガスとしての機能にはまったく変わりがないからね」

小栗は、そんな琢也の反論は、とっくに想定内のようだ。

「やっぱり……そうでしたか。そうそう、叔父さん。水蒸気が悪玉の温室効果ガスって言うんですが……温暖化を阻止する善玉の役目も果してきたんでしょう？　何と言っても、空気の対流による放熱の効果を、抜群に高めますからね」

琢也は素朴な疑問を投げかけた。

「いいところに気がついたね。温室効果ガスとしての水蒸気の評価を難しくしてるのは、そこなんだ。ついでだから、この際、その空気の対流による放熱について、ごくごくかいつまんで説明してみるかい？」

つい、日頃の教師口調になる小栗。琢也は、そんなことなどもう慣れっこだ。別に気にする様子もなく、素直に応じた。

「そうっすね……日なたの海面や地面が太陽熱で暖まると、その上空の空気も暖まります。空気中の水蒸気や二酸化炭素の温室効果のせいです。あっ！　ということは……さっきの叔父さんの気体運動論。あれでよかったんですね。じゃないと、空気は少ししか暖まりませんからね」

「そうそう。微量の水や二酸化炭素の分子は、暖まった海面から放射される赤外線をじゃんじゃん吸収し、それで得た熱を何千倍もの個数の窒素分子や酸素分子との頻繁な衝突によって、右から左へどんどん伝達する。温室効果ガスは、まるで、海面や地面から放射される赤外線の熱を高速で汲み上げて大気を暖めるヒートポンプのような働きをするんだ」

「それで、空気が暖まります。暖まった空気は膨張して希薄になると軽くなり、そこに低気圧が発生します。すると、何十キロ、何百キロも離れた高気圧の箇所から、冷たくて重い空気が吹き込んできます。すると、暖まった軽い空気が押し上げられて上昇気流が発生します。逆に、遠く離れた高気圧の箇所では、下降気流が発生します。上昇気流と下降気流の間では、水平方向に風が吹きます。低空では高気圧の箇所から低気圧の箇所に向かって吹き、高空では逆向きに吹きます。これが最も簡単な閉じたタイプの『対流』です。僕らは、『循環』と教わりました。ほかに開いたタイプの対流もあります。

え〜っと。上昇した空気は、高空で熱を放出して冷えます。つまり、対流は、地面や海面が受けた太陽熱を上空に運んでいって地球の外に逃がしてくれます。地球の表面を冷やす天然のクーラーです。この天然のクーラーの機能は、空気中に含まれる水蒸気によって抜群に強められます。海水中の真水が蒸発して水蒸気になる時に、海水から大量の気化熱を奪ってゆくからです。叔父さんが言う『打ち水効果』です。この大量の気化熱は、水蒸気が高空で水滴に戻る時に凝結熱として放出されます。

そのうえ、上空でできた水滴や氷滴が集合して雲ができます。この雲は、太陽光線を反射する日傘となり、海面や地面に降り注ぐ強烈な太陽光線を遮ります。何もかも水蒸気のお蔭なんです。そんな善玉の水蒸気が、熱暴走を起こす元凶というのは、何とも腑に落ちませんね」そう語ると、琢也は、大好物の黒豆せんべいに手を伸ばした。

「対流」は温暖化で弱まるか？

「そう、そこなんだ。琢也君。なぜ、善玉の水蒸気が悪玉のショッカーに変身するのか？　叔父さんは、最近、やっと、それが分かったんだ。われわれは、大きな誤解をしてきたんだ」

小栗は、仰々しく、自信たっぷりに大見栄を切った。渋谷社長がその場に居合わせたら、小栗の全身からオーラがほとばしっているのが見えたに違いない。

「叔父さん！　その誤解って……一体何ですか？」

琢也は、思わず、居住まいを正した。興味津々である。

「それはねぇ……つまり、気温が上がれば上がるほど空気の対流が活発になると考えて……対流による放熱をあてにしてきたことだ。琢也君のようにね」

小栗は、間を置きながら、勿体ぶって答えた。

「えっ！……」琢也は驚いて、一瞬絶句した。

「すると、叔父さん！　気温が上がると……空気の対流が弱まるとでも言うんですか？　地球が温暖化すると……台風や、ハリケーンなどと呼ばれる熱帯性低気圧のデッカイ奴が発生しますよね。それで、人類の生活が脅かされるって、よく言われますよね。それって、空気の対流が活発になるからじゃないですか？」

いくら叔父の説でも、そんな異説には絶対に賛成できないという毅然たる態度だ。

「ところが、さにあらずだ。勿論、その場所の緯度にもよるがね。これから、それを説明しよう」小栗は、そう冷静に対応した。

理系の先生たちが議論しているのを見てると、喧嘩が始まったんじゃないかと……ハラハラする。学校で働いていた近所のパートの主婦が、そんな感想を小栗に漏らしたことがある。それ以来、小栗は、同僚、特に若手の先生と議論する時には、努めて冷静さを保つよう心掛けている。琢也が議論で興奮するのは未熟なせいだ。

小栗は、何やらカーブが描かれたノートを琢也に見せた。そこに描かれたものが、その時のC図である。

「まず、C図の点線を見てごらん。一気圧の乾燥空気の密度ρa（キログラム／立方メートル）が、気温の上昇につれてどんどん減ってゆく様子を示したものだ」

C図

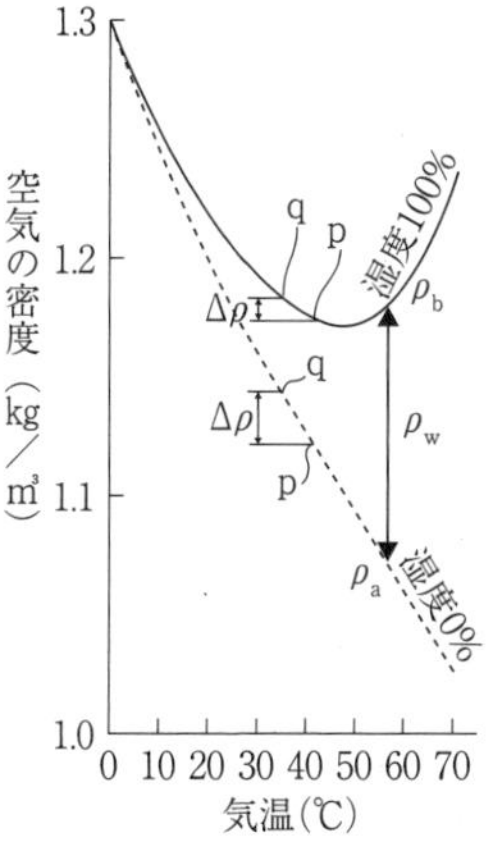

「暖ったまると、膨らんで薄くなるからでしょ？」それぐらいは知ってますよ、と言わんばかりのつっけんどんな態度で応ずる琢也。

「そうそう。この乾燥空気は、水蒸気をまったく含まない、相対湿度ゼロの完全に乾燥した空気だ。横軸は気温（℃）で、縦軸は密度（キログラム／立方メートル）だ。しかし、何といっても極めつけは、これから説明するC図の実線だ。これは、下の点線で示す乾燥空気の密度ρaに、A図に示した同じ気温における飽和水蒸気量ρw（キログラム／立方メートル）を足し算したものだ。この飽和水蒸気量ρwは、一気圧で一立方メートルの体積を占める乾燥空気が含むことのできる水蒸気の最大量と言うこともできる」

そう言うと、小栗は、上目づかいに琢磨の様子を伺った。

「え～っと、ていうことは……この実線ρbは……相対湿度一〇〇パーセントの湿った空気の密度という訳ですね。へ～ぇ。こんな形をしてたんですか、最小点があったとはね……はじめて見ましたよ」感心する琢也。

「だろう？　学校の授業じゃ、こんな高温の範囲までは考えない。入試には出ないからね。この完全に湿った空気の密度をρb（キログラム／立方メートル）とすると、$\rho b = \rho a + \rho w$となる」

小栗は、琢也の反応に気を良くして言葉を継いだ。

「つまり、湿った空気の密度ρbは、気温が上がるにつれて減り方がだんだん鈍《にぶ》ってくるって訳でしょう。空気自体の密度ρaは、気温が上がると、下の点線で示すように直線的にどんどん減っていきます。ところが、この減った分が、増えた飽和水蒸気量ρwによって打ち消されてしまうんです。Ｃ図の実線と点線の曲線との縦軸方向の間隔が、飽和水蒸気量ρwという訳ですね。これは、気温が上がるにつれて加速度的に増えていますね。特に、気温が、えぇ～っと……四五℃ですかねぇ……このあたりを超えると、水蒸気の密度の増え方のほうが大きくなり……全体の密度は減るどころか、かえって増えはじめるという訳ですよね」

「その通り！　内陸部の砂漠の上空など、水源の乏しい地域の上空では、空気の密度の変化の様子は、Ｃ図の点線で示す乾燥空気の状態に近い。これに対して、水蒸気をいくらでも補給できる海面上では、空気の密度は、Ｃ図の実線で示す一〇〇パーセント湿った空気の状態に近い。乾燥してるか、湿ってるか、つまり、内陸部の上空か、海上かで、気温が上がったときの空気の密度の変化の様子がまるっきり違ってくる。例えば、Ｃ図で、気温がｐ℃の場合とｑ℃の場合との密度の差をΔρとする。すると、湿った空気の密度の差Δρは、乾いた空気の密度の差Δρに比べて三分の一ほどに減る」

小栗は満足そうに、そう補足すると、さらに言葉を継いだ。

「ここでは、海面上の湿った空気に着目して欲しい。海面は、地球の表面積の四分の三近くも占める訳だし、それに……水蒸気を含むぶん、対流による放熱効果も格段に大きい。

そんな訳で、空気の対流による放熱については、地面よりも海面の上空のほうがずっと大事だからね」

「しの字」カーブは対流の弱まり

「さっき琢也君が説明してくれたように、対流が起きるのは暖まった空気が軽くなるからだったよね。ところが、C図に示すように、これがあまり軽くならなくなったり、まったく軽くならなくなったらどうなる？」

「循環、つまり対流はどんどん弱まります。そうすると、確かに叔父さんの言う通りですね。気温が上がると対流が活発になるというのは、内陸部の乾燥空気の場合だったんですね」

琢也は、小栗の言わんとすることがやっと分かったようだ。

「まぁ、厳密に言うと、C図の点線でもわずかだが下に凸状になっている。つまり、乾燥空気では、気温が上がっても、湿った空気ほどには対流が弱まらないということだ。水蒸気が絡んで来ないからだ。この対流の弱まり（鈍化）という現象を、気象学的に少し厳密に説明するには、気圧という概念を使う必要がある」

そう言って小栗は、気圧という概念を使って、湿った大気の対流の鈍化の現象を説明しはじめた。しかし、この説明は、話が少々混み入っていて、煩雑に感じる読者もいるかも知れない。そこで、この後に続く小栗の説明については付録に譲ることとし、話を先に進める。格別な興味をお持ちの読者は、付録の説明を参照されたい。

さて、さっき、琢也君が言ったように、これまでは、『地球温暖化が進むと、海上での大気の対流が活発になり、巨大な熱帯性低気圧が頻発して人類の生活が脅かされる』と考えられてきた。空気中の水蒸気の量が増えるせいで、空気の対流自体は弱まる。しかし、水蒸気によって高空に運ばれる潜熱の量はそれ以上に増える。気温三〇℃を超えたあたりでは、湿った空気に含まれる水蒸気が上空に大量の凝結熱を放出し、これが二酸化炭素や水蒸気などの温室効果ガスを仲立ちとして大気の運動エネルギーに変換される。このため、最近のハリケーン……えぇ～っと……」

「サイレンですか？」

「そうそう、あんなでっかい熱帯性低気圧が発生する。そんな熱帯性低気圧であっても、地球にとっては、対流による放熱を活発にして赤道海域の局所的な加熱を阻止するという有益な機能も果たす。しかし、もっと高温になり、三〇℃を超えはじめると、海面上空の高温多湿の大気が重くなりすぎて、大気の対流が急速に弱まりはじめる。このため、上空に運ばれる潜熱自体も減りはじめ、海面や地面からの放熱の機能も衰えはじめる」

「水辺で水を飲み過ぎた水鳥が、体が重くなり過ぎて、舞い上がれなくなるようなもんですね」

「そうそう。南米の吸血コウモリは、牛や豚などの家畜から、自分の体重の三割もの大量の血液を一挙に吸い取る。体が重くなりすぎて、ふだんの滑空モードでは離陸できなくなる。急遽、ホバリングによる垂直上昇モードに切り換えて、何とか離陸するんだ。

対流の鈍化に伴い台風の発生海域は、海面水温のより低い高緯度の海域に移動しはじめる。発生した台風は、低温の海域に向けて、つまり高温の赤道海域から遠ざかるように移動する。つまり、北半球では北上し、南半球では南下する。このため、最高温の赤道海域に蓄積された大量の熱は大気の対流によっては高緯度の海域に運び出されなくなり、海面水温が正帰還のプロセスで上昇しはじめる。

この湿った空気の対流の弱まりを物語るC図やE図（付録）の実線のカーブは、平仮名の『し』の字に似てるだろう……ちょっと傾いているけどね。それで、叔父さんは、これを『しの字カーブ』と名付けることにしたんだ。あっ、そうそう。この対流の弱まりは、

『しの字現象』や、『しの字効果』と名付けよう」

「アルファベットのJの字を裏返したものにも似てますね。『逆J字カーブ』とか、『裏J字カーブ』なんて言うのはどうでしょうか？」

英語にこだわる琢也。

「命名権は、言い出しっぺの特権だからね」

飽くまでも、日本語の「しの字」にこだわる小栗。

「熱暴走」の舞台を施《しつ》らえる危険な現象

「でも……叔父さん。しの字効果で空気の対流が弱まると言ったって、海面水温がずいぶんと上がってからですよね」

「残念ながら、そうじゃないんだ。むしろ、そんな空気の対流が三〇℃あたりで、ぱったりと停まってくれた方が、人類にとってははるかに幸せなんだ。この弱った対流こそが、熱暴走の舞台をしつらえる最も危険な現象なんだ」

小栗は、そう言うと、その訳を説明しはじめた。

「大気の層の厚みは、暖かい海域ほど厚くなり、熱帯では二〇キロメートルもある。しかし、層全体に含まれる水蒸気の量はそれほど多くはない。熱暴走の前には、分厚い大気の層内の低空の暖かい層にだけ、水蒸気が偏在する。これは、さっきのB図でも見た通りだ。二酸化炭素の場合、気温に関係なく、冷たい高空の空気にもまんべんなく混じり合う。このため、大気中濃度が小さな割には、まずまずの温室効果を発揮してきたという訳だ。そこで、琢也くん。高空で気温が下がるのは、何故だったかな?」

「えぇ～っと……つまり、それは……断熱膨張による断熱冷却のためと教わりました。つまり、強い上昇気流が、気圧の低い高空に達すると、空気は急激に膨張します。この膨張があまりにも急激なので、空気は膨張に必要な熱エネルギーをまわりから奪う暇がありません。急遽、自分自身の熱エネルギーを膨張に必要な運動エネルギーに変えながら膨張します。その結果、気温が下がります。夏場に活躍するクーラーは、この原理を利用して室内の気温を下げます」

「その通り。高空の大気は、この断熱冷却によって冷える。すると、過飽和状態になった水蒸気が大気中から追い出され……凝結して微小な水滴になる。そんな水滴が凍って寄り集まり、雲を作る。その時、放出される凝結熱のかなりの部分は、赤外線として大気圏外に放射される。高空では温室効果ガスの密度が低下し、これに吸収される赤外線の量も減るからだ。つまり、放熱を邪魔する温室効果ガスが濃い低空は、水蒸気の潜熱に姿を替えてすり抜ける。そして、温室効果ガスの希薄な高空に達すると、今度は、赤外線の姿に戻ってすり抜ける。創造主は、自然の摂理を実に巧みに組み立てている。

ところが、海面上の大気が高温多湿になると、そんな断熱冷却のストーリーが根底から崩れはじめる。つまり、高温多湿の重い空気は、上昇気流の勢いが弱まる。その結果、短時間では高空に達しなくなる。半日、一昼夜、あるいは何昼夜もの長い時間をかけて、ゆっくりと上昇してゆく。上昇の途中で、温まった海面から昼も夜も放射され続ける赤外線や、水蒸気自身が結露の際に凝結熱として上空で放射する赤外線を吸収し続ける。つまり、温室効果ガスの水蒸気や、二酸化炭素が赤外線を吸収し続け、分子どうしの衝突時のエネルギーのやり取りを通して大気全体を暖め続ける。さらに、水蒸気の場合、B図で見たように、昼間の強力な太陽放射の可視光線までも吸収し、大気を暖め続ける。

すなわち、大気はゆっくりと上昇しながら、温室効果ガス、特に大量の水蒸気を仲立ちとして、外部から大量の赤外線（熱）を吸収し続ける。そして、この吸収した熱を、膨張に必要な運動エネルギーに変えながらゆっくりと膨張する。すると、どんな異変が起きる？」

「断熱冷却の機能が弱まるんでしょう？」

「その通り。断熱冷却の機能が弱まる。すると、上空でも空気は冷えなくなる。その結果、水蒸気が暖かい空気に含まれたまま……結露することなくそのまま、上空まで達しはじめる。水蒸気を含んだ温かい空気の層が上空に向けてじわじわと広がりはじめ、水蒸気の層が厚くなる。

上空の水蒸気の量が増えると、海面から放射される赤外線を閉じ込める温室効果が一段と強まる。つまり、Ｂ図の水蒸気の窓の内部の吸収率が増えて温室効果が強まり、気温と海面水温の一層の上昇を招く」

小栗は自信たっぷりに自説を披瀝した。

「つまり、この高空の高温多湿化も、正帰還のプロセスに従って進行するという訳ですね」念を押す琢也。

「残念ながら、そう言うことだ。空中を漂う水蒸気は夜間には冷えて、大量の凝結熱を放出しながら暖い微小な水滴に変わる。この凝結熱の赤外線は、上空に増えた周囲の水滴や水蒸気に吸収される。一方、この凝結によって生成された微小な水滴は、小さくなるにつれて落下速度が鈍り、滞空時間が長びく。高空を漂う微小な水滴は、翌朝には強い太陽光線を吸収し、気化して水蒸気に戻る。高空の低圧の環境では、水の沸点が大幅に低下するため、この微小な水滴の気化がいっそう促進される。

上空に増えた水蒸気は、海面から放射される赤外線を吸収して大気中に熱を閉じこめる。と同時に、B図で見たように、赤外線より何十倍も強力な波長一ミクロン前後の太陽光線の一部さえも吸収する。おまけに、高空では、窒素分子や酸素分子が高エネルギーの紫外線を吸収して暖まる。微小な水滴と水蒸気とが凝結熱と気化熱とをキャッチボールのようにやり取りしながら、水蒸気になったり水滴になったりするだけで、大気圏外に逃げ出す赤外線の量は激減する。このようにして、上空が温暖化し、大量の水蒸気が上空に蓄えられる」

「叔父さん。子供の頃……タライに水を入れて遊んだあと、そのまま真夏の日向に放ったらかしにしたことがよくありました。でも、水温はほとんど上がりませんでした」

琢也は、突然、小栗の話しの腰を折るような突飛な質問を投げかけた。

「不審に思って理科の先生に聴いたら、水の気化熱が馬鹿デッカイからだって教わったのを思い出しました。叔父さんが『打ち水効果』って言う冷却現象ですよね。海面の上空だって同じことじゃないんですか？　つまり、叔父さんが言うような大量の水蒸気を上空に溜め込むには、膨大な量の熱を供給してやらないと駄目なんじゃないですか？」

「いいところに気がついたね。海がタライほどの大きさだったら、きっと、そうなるだろうね。三〇℃の海水を一グラム蒸発させるには、五八〇カロリーもの大量の気化熱が必要だ。太陽光線の七〇パーセントが大気の層を透過すると見積もれば、海面に半日（一二時間）がかりで入射する太陽の熱量は、一平方センチあたりせいぜい一〇〇〇カロリーだ。すると、海面水温を下げずに、そこから半日がかりで蒸発させることができる水蒸気の量は、一平方センチあたり一・七グラムにすぎない。ところが、琢也君も知っての通り、真夏の内陸部などでは、そのあと、一平方センチメートルあたり数百ミリ（数十グラム）もの、物凄い夕立がくることがよくある。つまり、海上に限らず、地上でさえも、たかだか半日分の日射量で、一平方センチあたり数十グラムもの大量の水蒸気を上空に溜め込むことができるんだ」

「へーえ。どうしてですか？」

「それは、低気圧の海域や地域が何十倍、何百倍もの広さの海面に取り囲まれているせいだ。つまり、周辺の海面から一平方センチあたり一グラムほどの微量ずつ蒸発した水蒸気が、湿った大気に含まれて低気圧の海域に吸い寄せられて集合し、上昇気流に乗ってその上空に大量に蓄積されるからなんだ」

「なるほど、低気圧の海域の上空に蓄積される水蒸気は、その直下の海面から蒸発したものとは限らないんですね。確かに、タライの場合とは違いますね」

「そうそう、対流は水蒸気に対する空間的な濃縮・蓄積作用も果たすんだ。この機能のお蔭で、上空に大量の水蒸気を蓄積しながら海面水温も上昇し続けるという芸当が可能なんだ。この水蒸気の蓄積は、上空に水蒸気が増え過ぎて大気が重くなり、上昇気流が停まるまで続くんだ。そもそも、タライの場合、そこから蒸発した水蒸気はすぐにどっかに行ってしまうので、水蒸気の温室効果によってタライの水が暖まることもないんだ」

海面水温の上昇に伴う雲量の減少

上昇気流の鈍化によって断熱冷却機能が弱まると、高空でも気温が下がらなくなる。しかし、気圧のほうは確実に下がるので、水蒸気は膨張して希薄になり、その密度は確実に低下する。その結果、上空に生成される水滴や氷滴の密度も低下し、薄い雲しか形成されない。この薄い雲の典型例は、高度五〇〇〇メートルから一五〇〇〇メートルほどの高空に形成される巻雲《けんうん》だ。これは、従来、比較的低空に形成されてきた層積雲や積乱雲などのぶ厚い雲とは違って、太陽光線を強く反射したり吸収したりはしない。つまり、暖まった高空に形成される薄い雲は、海面に達する太陽光線を遮蔽する日傘の機能が弱まる」

ちなみに、この小栗の理論は、

「現在の地球では、水蒸気による熱暴走は起きない」

とする通説への真っ向からの反論だ。つまり、この通説の根拠は、

「大気中の水蒸気が増えると、上空の雲の量が増えて太陽光線が遮られる。すると、海面まで達してそこを加熱する太陽光線が弱まり、海面水温も低下する。その結果、上空に供給される水蒸気の量が減りはじめ、熱暴走に到る正帰還の連鎖が断ち切られる」

と言う論法である。

そもそも、上空の雲は、温暖化の進行に関して正反対の二つの機能を併せ持つ。一つは、入射太陽光線を遮って海面の加熱を弱めることにより、温暖化を抑制するという抑制機能だ。もう一つは、海面や地面から放射される赤外線を反射・吸収して大気圏内に閉じ込めることにより、温暖化を促進するという促進機能だ。これら相反する二つの機能のどちらが優勢かということが、多くの科学者の間で長年論争されてきたが、いまだに決着を見ていない。

小栗の説によれば、海面から放射された赤外線の多くは、上空の雲に達する前に、低空の二酸化炭素や水蒸気などの温室効果ガスにほとんど吸収されてしまう。これは前章のB図で検討した通りだ。特に、温室効果ガスの吸収帯の飽和が進むにつれて、この傾向は強まる。その結果、上空の雲の機能としては、太陽光線を遮蔽して海面や地面の温度を下げるという抑制機能の方が優勢になる。熱暴走の発生に否定的な立場を取る多くの人は、この雲の遮蔽による抑制機能に絶大な期待をかけてきた。

ところが、小栗が気付いた「しの字現象」に端を発する一連の物理現象によれば、海面水温や気温が上昇すると、湿った大気の上昇気流が弱まる。この上昇気流の鈍化に伴い断熱冷却機能が鈍化し、その結果上空が温暖化する。また、上昇気流が弱まると、水蒸気の過飽和状態も生じにくくなる。すると、上空の水蒸気の量が増えるにもかかわらず、温暖な低空の雲量は増えない。つまり、雲の高度が高くなり薄くなる。すると、雲による太陽光線の遮蔽機能が低下し、熱暴走の危険性は依然として解消されないという結論になる。

アラバマ大学ハンツヴィル校の研究チームは、人工衛星で収集した過去六年分の熱帯の上空の気象データを分析した。ＮＡＳＡとＮＯＡＡ（アメリカ国立海洋大気庁）が所有する三個の衛星に搭載された四個の計器が収集した気象データだ。その結果、「熱帯の大気が暖まると、上空の巻雲の量が減少する」という結論が得られた（[6]第22頁）。この観測データは、小栗の理論の妥当性を裏付ける有力な根拠の一つだ。

そんな熱暴走が、局所的かつ一時的とは言え、真っ先に開始されるのは、赤道近辺の五度以下の低緯度の海域であろう。そこは、常夏《とこ》のため海面水温が年中高く、しかも、地球の自転によって発生する大気の流れを偏向させるコリオリの力（転向力）が弱い。このため、台風やハリケーンやサイクロンの『種』になる小さな乱流や、渦が発生しにくく、これが発達した形の熱帯性低気圧も発生しにくい。この熱帯性低気圧は、熱暴走の初期段階として上空に形成されつつある異常に温暖な状態をリセットする。と同時に、その海域の上空に蓄積されつつあった大量の熱を高緯度の海域に運び去ることで、熱暴走の初期の、異常な気象現象を一時的、局所的なものに終わらせてしまう。

海面水温上昇のメカニズム

「ところで、叔父さん……赤道付近の海面水温は、今、どのぐらいなんですか？」

琢也は、怖いもの見たさ、いや聴きたさという様子で尋ねた。

「年中ほぼ一定の三〇℃ほどだ。これは、かなり信頼できる気象データのようだ。と言うのも、この赤道海域の海面水温は、太平洋沿岸の各国の気象観測機関が、長年にわたって熱心に観測し続けてきたデータだからだ。昔から、異常気象を引き起こすエル・ニーニョや、その逆のラ・ニーニャの現象を解明するためにね。温暖化に伴う長期の海面水温の上昇に、このエル・ニーニョなどの短期の気温上昇が重なると、海面水温は最悪、臨界値にそうとう接近する恐れがある。普段の海面水温は、この三〇年間に一・三℃も上昇している。これも大きな心配の種だ。なにしろ、この間の地球の平均気温の上昇分は〇・七℃なんで……その二倍近い上昇という訳だからね。つい一年ほど前には、南極の巨大な氷床が海中に落下したにもかかわらずである。これ自体が、不可解な現象だ」

「まさか、あの海洋ベルトコンベアが停止したわけじゃあるまいな?」

そんな思いが一瞬、小栗の脳裏をかすめた。しかし、口には出さなかった。実情と憶測とを混ぜこぜにすることで、琢也をいたずらに混乱させたくなかったからだ。

「叔父さん、海水の場合、一グラムの水を一℃高めるのに必要な熱量は一カロリーと結構大きいですよね。それに、最も日差しが強い赤道の辺には、太平洋や、大西洋や、インド洋などの深い海がありますよね。そんな海面水温を一℃も高めるとしたら、それに必要な熱量はかなりのもんなんでしょう?　太陽熱だけで温めるには、何百年もかかるんじゃないんですか?」

琢也は鋭く突いてきた。

「いいところに気がついたね。僕もそう思って、確認してみたことがある。結果は意外だったね。案外簡単に暖ったまるんだ。もっとも、熱収支のバランスの崩れ方、つまり温室効果の強さ次第なんだけどね」

そう言いながら、小栗は机の上のノートを手に取ってめくりはじめた。

「さっき、人為的な発熱量がインソレーションの何パーセントに相当するかを計算したよね。その計算に使った一日あたりのインソレーションは、二六〇万兆キロカロリーだった。それを三六五日倍して、さらにキロカロリーをカロリーに直すと……年間のインソレーションは、〇・九五掛けることの一〇の二四乗カロリーだ。海洋の面積が地球の表面積に占める割合は七一パーセントだから、海面への年間のインソレーションはそれに〇・七一を掛け算して、〇・六七掛けることの一〇の二四乗カロリーだ。同じく、さっき出てきた地球上の海水の総量は、一三七万兆トンだった。これをグラムに直すと一・三七掛けることの一〇の二四乗グラムとなる。この海水の総重量で、海面への年間のインソレーションを割算する。分母と分子にある一〇の二四乗どうしが、うまい具合に相殺し合って……年間の上昇温度は、〇・六七／一・三七、つまり、ほぼ〇・五℃となる。ただし、海水の比熱を真水と同じ、一グラム・一℃あたり一・〇カロリーと近似した」

「すると、一〇〇年間で五〇℃、嘘っそーでしょう?」

「琢也君が驚くのも無理はない。これは、海面へのインソレーションの全部（一〇〇パーセント）が海水の加熱に費やされたとした場合の上昇速度だ。これは熱暴走の末期の症状だ。熱暴走以前の段階では、海水の加熱にまわる割合は、まあ……せいぜい海面へのインソレーションの数パーセントと言ったところだろう。ここでは、その割合を少なめに見積もって、仮に、一パーセントと推定しておこう。「何」パーセントなのかが分かった段階で、海面水温の上昇速度を「何」倍かしてやればいいと言う訳だ。つまり、まずはインソレーションの一パーセントが海水の加熱に費やされるものと仮定する。

　すると、海水温の年間上昇速度は、〇・〇〇五℃ということになる。ところが、この値は、海面から海底までの全ての海水が、均一に加熱されると仮定した場合の上昇速度だ。実際の海水の加熱は、鍋や湯船の水を暖めるのとはだいぶ訳が違う。海水は表面部分だけが暖まるからだ。加熱源は、海面上に存在する太陽だ。この場合、海水の密度差による対流と、その結果としての海水温の均一化が起こらないからだ。言って見れば、鍋や湯船に水を張り、上から白熱ランプを照射してお湯を沸かそうとするようなもんだ」

「それはそうですよね。水面に近い水ほど真っ先に暖まって軽くなるわけですから、密度差による対流もへったくれもないですよね」これには、琢也も異論はない。

「ところが、海水には湯船の真水にはない大きな特徴がある。塩分濃度だ。暖まった表面の真水が蒸発して飛び去ると、あとに残された海水は、塩分濃度が増して重くなる。この塩分濃度の大きな重い海水が、深場に沈む。入れ代わりに、冷たくて水の密度は高いが塩分濃度が低いため全体としては軽い深場の海水が浮上してくる。このようにして、海中では塩分の濃度差を原動力とする微弱な対流が発生する。海面に吸収された太陽熱が、暖かい水温の形で深海にゆっくりゆっくり運ばれてゆく。典型的な熱帯海域の海水温は、海面から深度ほぼ一五〇〇メートルまでは緩やかに一五℃ほど低下し、あとはほぼ一定値となる。これは、海洋学の分野ではよく知られた現象のようだ。

その結果、一年がかり、数年がかりといったゆっくりとした海水温の上昇や下降に関しては、すべての海洋を、海面から海底まで海面水温に等しい一様な水温に加熱される深さ一五〇〇メートルの半分、つまり水深七五〇メートルの海水の槽で近似できる。世界地図帳によれば、世界の海洋の平均深度は、ほぼ三八〇〇メートルだ。すると、さきほどの計算に使った一三七万兆トンの海水の量を、七五〇メートルの深さの表面部分だけの海水の量に下方修正してやればよい。すなわち、加熱対象の海水の全量を、七五〇割ることの三八〇〇分の一、つまり、五分の一ほどの値に下方修正してやればよい。

上昇温度としては、さっき概算した年間の上昇温度をほぼ五倍に上方修正してやればよい。結果は、海水温の上昇速度は、〇・〇〇五℃掛ける五で、年間〇・〇二五℃、一〇〇年間では二・五℃ということになる。この値は、産業革命以降つい一〇年ほど前までの二酸化炭素による温室効果の下で実際に観測された値、つまり、一〇〇年換算で〇・七℃という海面水温の地球平均の上昇速度に比べると、三・六倍も大きい。この事は、海水の持つ大きな熱的慣性が、現在の地球の平均気温の上昇速度を律速（制限）しているのではないことを物語る何よりの証拠だ。

すなわち、あくまでも、海水の加熱にまわる熱収支の崩れの度合いが、赤道海域の海面水温の上昇速度を制限していることになる。一〇〇年間で二・五℃という上昇速度を、実際の〇・七℃に一致させるには、海水の加熱にまわる熱量としてさっき推定した値、つまり海面へのインソレーションの一パーセントを、その三・六分の一、まあ、〇・三パーセントほどの値に下方修正してやればよい。

「叔父さん、ついでに、もう一つ。さっきから気になってたんですが……気化熱として海面から上空に運び去られる熱量、つまり、叔父さんが『打ち水効果』と呼ぶ現象によって運ばれる熱量は勘定に入れなくてもいいんですか?」

「それも含めた差し引きで、海水の加熱にまわされる熱量を、インソレーションの〇・三パーセントほどと見積もった訳なんだが……それに、海面から奪われる気化熱の相当部分は、対流を生み出す大気の運動エネルギーに一旦変換され、最終的には、大気内部や海面や地面と大気の層との摩擦熱となって、大部分は大気の層を含む地球の表面に回収される。対流で大気圏外に放出される熱量は、残念ながら、最終的には摩擦熱として海面に回収される熱量のほんのわずかと言ったところだろう。つまり、対流の機能としては、地球外部への放熱よりも、南北間の温度差を縮小する熱輸送の機能の方が大きいと言える」

熱的変化が速いほど、海は浅くなる

「これまでの話は、一年、あるいは数年がかりで起きるような緩慢な温度変化に限ってのものだ。熱暴走の初期のように、数時間、数日、数十日という速い海面水温や気温の変化に対しては、少し深場の海水はそれに追随できない。海中における熱の伝達速度が小さすぎるからだ。結局、海面水温の速い変化に対しては、少し深場の海水は存在しないも同然となる。つまり、海洋の熱的特性は、数メートル、数十メートルの深さの水槽同然となる。その結果、加熱源に近い海面の水温の上昇速度は、これまでに論じた一年がかりの緩慢な変化の場合に比べて、数十倍、数百倍もの速さで変化することになる。海面やその上空で生じる熱的な変化が速くなればなるほど、海洋の実質的な深さは減少することになる」

「それって、海面に落下した物体の感じる海面の固さが、落下速度の増加につれて増える現象と似ていますね。ものの本によると、自由落下による最終速度で海面に突入した物体にとっては、海面がコンクリート同然の固さに感じられるんだそうです。海水が落下物体の速い動きに追随して変位したり変形したりすることができなくなり、落下物体を受け入れる隙間を形成する時間的余裕がなくなるからだそうです」

「そうだね。現に、エル・ニーニョやラ・ニーニャの現象では、風の吹き具合で、わずか数ヵ月というごく短期間内に、海面水温が二℃ほども急激に上下するらしい。どういう風の吹き回しかは、よく知らないけどね」

小栗は冗談半分にそう言うと、真顔になってこう付け加えた。

「熱暴走がはじまると、わずか数時間、数日という短期間内に、インソレーションの数パーセントもの大きさの熱収支の急激な崩れによって、海面水温が、これまでに例示した年間上昇速度の数百倍、数十倍もの速さで見る見る上昇しはじめるはずだ。水蒸気の赤外線吸収率は、B図に示したようにまだ飽和していないので、その大気中濃度が二倍、三倍になると赤外線吸収率もそのまま二倍、三倍になるという事情もあるからね。つまり、赤道海域の深い海洋は、その表面で起こる熱暴走を阻止する決め手とはなり得ないと言うことだ」

「何だか恐ろしい話ですね」

「それが、明日にでも人類が直面し兼ねない現実だ。ついでだから、大気についても同じ概算をやっておこう。大気の総重量は、地図帳には載ってはいないようだ。しかし、これは案外正確に計算できる。つまり、地球の表面に存在する大気の重量は一平方センチあたりほぼ一キログラムだ。これは海抜ゼロメートルの箇所に一気圧の大気の圧力を発生させる上空の大気の総重量だ。すると一平方メートルあたりでは、これを一万倍して一〇トンということになる。

この値に、世界地図帳などに載っている地球の表面積（五〇、九九五万平方キロメートル）を掛け算する。答えはざっと五一〇〇兆トンだ。空気の比熱として、一トン・一℃あたり、二四〇キロカロリーとし、一日あたりのインソレーションをさっきの値、二六〇万兆キロカロリーとする。インソレーションの一パーセントが空気の加熱に回されるものとすれば、一日あたりの気温の上昇幅は、〇・〇二一℃となる。年間の気温上昇幅は、これは三六五日倍して、ざっと七・七℃になる。海水の場合と同様、大気の層の熱的慣性が現状の温暖化の進行速度を律速（制限）しているのではないことが分かる。気温の上昇速度を制限しているのは、大気の持つ大きな熱慣性ではなく、インソレーションと地球放射の熱収支の差、つまり温室効果の強さであることが分かる。熱平衡状態の崩れ方次第では、気温は急激に上昇する。大勢の人が指摘するように、地球の寸法は大きくて熱的慣性も巨大であるという事は、疑問の余地がない。しかし、もっと確実な事は、太陽のインソレーションがそれに輪をかけて膨大だということだ。

世に「正帰還」の種は尽きまじ

「叔父さん。赤道海域の海面水温を上昇させる正帰還のプロセスについても、例によっていろいろとあるんでしょう?」

琢也は、半ばなげやりな態度で尋ねた。

「残念ながら、一杯ある。海面水温が上昇すると、上空に日差しを遮る雲ができにくくなる。一つの原因は、さっき話した断熱冷却機能の低下による上空の温暖化だ。それだけじゃない。空気中の水蒸気は、低温の上空で冷えると、微小な水滴に変わる。しかし、凝結核となるエアロゾルがないと、大粒の雨滴に成長して雲を作ることができないんだ。ベトナム戦争時、アメリカ軍のポパイ作戦など気象兵器としても利用されてきた人工降雨は、上空に沃化銀などの凝結核を散布することで発生させる。陸地の上空では、地面から舞上げられた粉塵や、工場や家庭から排出された硫黄酸化物を含む煤煙などが凝結核になる。

これに対して、陸地から遠く離れた海洋の上空では、低空では海塩が、高空では硫化ジメチルを原料とする硫酸の水滴が、主な凝結核となる。原料の硫化ジメチルは、海水中のプランクトンなどの微生物や魚類から排泄される。この硫化ジメチルは、あの独特な海の匂いを発生させる物質らしい。

ところが、対流が弱まると、海面から供給される海塩や硫酸の水滴を上空に運ぶポンプ作用も弱まる。おまけに、お馴染みの生物・物理学者のラブロックによれば、海面水温が最適の二五℃を超えて上昇すると、硫化ジメチルを排泄する微生物や魚類の活動が急激に低下しはじめ、五〇℃ではゼロになる。そんな三重の原因が重なって、海面水温が上がるにつれて、上空の雲がいっそうできにくくなる。

入射する太陽光線への地球の反射率が数パーセント減るということは、太陽定数が数パーセント増えたのと等価な結果を招く。地球の反射率（アルベド）という概念は、温暖化にとって極めて重要な意味を持つ。消防士が纏うあの銀色の防火服は、熱線への反射率を高めることによって、火災の輻射熱を等価的に減らす役目をする。

現在の地球では、エアロゾルや、微粒子や雲による大気中の太陽光線の反射率は二〇パーセントほどだ。地球全体の反射率が三〇パーセントほどだから、エアロゾルや雲による反射率は、全体の三分の二もの大きな比重を占める。上空のエアロゾルの減少は、これを凝結核とする雲の量を減少させるだけではない。このエアロゾル自体による太陽光線の反射や散乱の成分も減少させる。その結果、地表の気温の決定に際し、太陽定数が等価的に増えたことと同様の結果を招く。

これまでは、大気中に人為的に放出された二酸化炭素のかなりの量が、海水中に溶け込むことで、大気中濃度の増加の速度が抑制されてきた。しかし、海面水温が上がるにつれて、海水中に溶け込む年間何十億トンもの二酸化炭素の量が減りはじめ、その分、大気中濃度の増加速度が増えはじめる。海水温がさらに上がると、これまで、太古の地球以来何十億年もかけて．海中に取り込まれてきた大量の二酸化炭素が大気中に逆流しはじめる。すると、温室効果がいっそう強まり、ますます海面水温が上がる。その結果、大気中に逆流する二酸化炭素の量が増加する。これも、典型的な正帰還のプロセスで進行する。西澤らは、こんな警告を発している。

『ここで特に重要なことは、海水の温度上昇による海洋圏からの二酸化炭素の解放であり、それは数ヵ月というきわめて短期間内に連鎖反応を引き起こすという点である』

ちなみに、西澤らは、本書で言う『正帰還』のことを、『連鎖反応』や、『相乗効果』や、『悪魔のサイクル』などと表現している（『悪魔のサイクル』へ挑む』西澤潤一、うえのいさお　東洋経済新報社［4］)。破滅の縁に追いやられる人類にとっては、まさに、そう呼ぶに相応しい恐ろしい現象だ。

海水中への二酸化炭素の溶けこみ方には二種類ある。一つは、ビールのように、物理的／化学的なプロセスで溶けこむ方法だ。幸いなことに、海水中の二酸化炭素濃度は、まだ飽和してはいないようだ。しかし、水温がもう少し上がると、海水中の二酸化炭素が大気中に逆流しはじめるだろう。一旦これが開始されると、二酸化炭素の大気中濃度は、正帰還のプロセスに従って加速度的に増加しはじめる。これ一つ取ったたって、危険この上ない状況だ」［4］）。

「叔父さん。海水中に溶け込むもう一つの方法って何ですか？」

「大気中の二酸化炭素が動物／植物プランクトンに吸収されて、炭化物などの体組織を作るという生物学的なプロセスだ。プランクトンは死ぬと、海中を沈降して海底に堆積する。その体組織の一部は、石灰岩や泥まじりの黒色頁岩の成分として取り込まれることで、二酸化炭素が岩石の成分の形で海底に固定される。残りはメタンに変化し、高圧の水分子に閉じ込められたメタン・ハイドレートとして海底に『半固定』される。

この方法でも、熱帯の海域では、海面水温が上がるにつれて海水中に溶け込む量が減りはじめる。海面水温が上がりすぎると、動物／植物プランクトンの活動が鈍るからだ。太古の地球の平均気温が二五℃から一八℃へと七℃も急落したのは、その直前に誕生した海中のプランクトンが大気中の二酸化炭素を大量に吸収して、海底に固定しはじめたからだ。お馴染みの生物物理学者のジェームズ・ラブロックは、そう分析した。彼は微生物の地球環境への影響の大きさを世に知らしめたことでも有名な人物だ。

あっ、そうそう。正帰還の例をもう一つ思いだした。さっきも話したように、海水の対流は、塩分の濃度差が重要な機能を果たす。ところが、海面水温が上がりすぎると、しの字現象により、海上の大気の対流が鈍る。すると、上空に運ばれる真水の量も減って海水の濃度差による対流も鈍る。その結果、海面から上空に運ばれる気化熱も、海面から海中に運ばれる熱量も同時に減る。その結果、海面水温は、二重の原因が重なってどんどん上がりだす。ご丁寧なことに、この海面水温の上昇のプロセスも正帰還のプロセスに従って進行するという訳だ」

危うし？　人類の運命

小栗と琢也は、こと地球温暖化に関する限り、正帰還に従う自然現象があまりにも多いことに今更ながら気づかされて愕然とした。まさに、「泣きっ面に蜂」といったところだ。小栗も、自然界の変化は概ね、負帰還に従うものと、長いこと、漫然と、そう信じ込んできた。地球の気候が長期間にわたって、安定してきたらしいというのが、その唯一の根拠らしい根拠であった。

どうやら、地球の気候は、温暖化しはじめると急激に温暖化に傾き、寒冷化しはじめると急激に寒冷化に傾くようだ。つまり、正帰還が支配する過敏な性質を持っているようだ。

人類は、地球温暖化を、あまりにも甘く見すぎてきたのだ。前座の二酸化炭素の後に控える、真打ちの「水蒸気」の存在を見落としてきたことが、何よりの証拠だ。まさに、人類は、地球という大玉を、崖っぷちに向けて転がし続けてきたのだ。これが、いつ、谷底めがけて暴走しはじめるかは、賢いはずの人類の誰もご存じないのだ。大玉の背後からは、前方の崖っぷちの位置が見えないからだ。

「あっ！　叔父さん、一億年ほど前のジュラ紀や白亜紀には、地球の平均気温は今よりも……えぇ～っと六℃も高かったらしいですよ。それでも、水蒸気による熱暴走は起きませんでしたよね」

「まぁ、それは確かだね。何しろ、熱暴走はノー・リターンの片道切符だからね」

「ということは、これから地球の平均気温が例え六℃ほど上昇しても、つまり、最悪今世紀中には、熱暴走は起きないっていうことですよね」

「う～ん。叔父さんもそう考えて……ぬか喜びしたことがある。よくよく考えてみると、ほぼ一億年前のジュラ紀や白亜紀に比べると不利な点がいくつもある。まず、今の太陽定数は、当時よりも四パーセントほども大きい。それに、当時は、北極にも南極にも氷塊がなく、そんな高緯度地帯の温暖化が地球の平均気温を六℃も押し上げたようだ。問題は、

『最も高温の赤道海域の海面水温が、今よりもどれだけ高温だったか』なんだ。当時は、恐竜などの大型の爬虫類が栄えていた。そのことからしても、低緯度地方や中緯度地方が、それほど高温だったとは思えない。何しろ、奴らは体温調節機能を持たないんで、極端な高温は苦手のはずだからね。化石の分布から判断すると、恐竜などは、中国や北米大陸などの中緯度地方に多く棲息していたらしいからね。

おまけに、当時最大の海洋は、現在のアラビア半島辺りのかなり高緯度地方に存在していたらしい。当時の高濃度の二酸化炭素（栄養分）と、適度な水温がプランクトンの爆発的な大繁殖を招き、海中が酸欠状態になった。その結果、プランクトンが大量に死滅して海底に堆積し、頁岩となった。この頁岩の地層が、地殻変動で地下深く引き込まれ、大きな圧力と加熱を受けることで、現在の中東の大油田になったらしい。

これに対して、今日の地球では、最高温の赤道の直下に太平洋、大西洋、インド洋の三大海洋が存在する。おまけに、現在は、海洋と陸地の面積比が七〇パーセントもあり、当時の五〇パーセントよりもだいぶ大きい。水蒸気の供給源は何といっても海面だからね。今は、当時なかった人為的発熱の存在も大きい」

「そんなもんですかねぇ……」琢也は、気落ちした様子だ。

ちなみに、これまでの地球温暖化の問題は、煎じつめれば貧富の格差の問題に帰結する。わずかな海面上昇や、巨大化したハリケーンや、食料や水の不足によっても、何億、あるいは何十億もの人々が苦しんだり、死んだりするだろう。しかし、そんな被害は、中央アフリカやバングラディシュなどの発展途上国の貧しい人たちや、ニューオーリンズなど先進国の貧しい庶民に集中する。先進国の強者にとっては、死活問題ではない。強者は、ハリケーンの被害を受けない高緯度地方の高台にある頑丈な家に住めるからだ。彼らは、食料や水や燃料が高騰してもさほど困らない。それどころか、自ら、あるいはファンドなどを通じて無意識的に、高価な食料や原料を買占めて儲ける絶好の機会でさえある。

強者にとっては、巷間語られてきた牧歌的な地球温暖化は、さほどの脅威ではない。ところが、水蒸気による熱暴走が次に控えているとなると、話はまったく別だ。貧者も富者も、遅かれ早かれ一蓮托生ということで、人類全体が絶滅の危機に晒されるからだ。いわゆる強者も、温暖化防止対策に本腰を上げざるを得ない。弱者にとっては、むしろ朗報だ。

小栗は、そんな話で若い琢也を慰め、百合子と夕飯の待つ階下に降りていった。

第五章

不気味な前兆

「地球シミュレータ」

二〇一九年五月二七日。小栗は、早く目がさめた。四時を少し回ったところだ。隣の百合子は、まだかすかな寝息を立てている。

「最近、目覚めが早くなった。年のせいか……」

昨晩、琢也は、「泊まっていったら?」と引き止める小栗夫妻の誘いを固辞して、早めに帰って行った。翌日は一時限目の講義があるとか何とか、言い訳のようなことを言っていた。

「もう、百合子叔母さんのところに泊まっちゃ駄目」そんな風に、兄嫁に釘でも刺されているのかも知れない。それとも、今回に限っては、小栗が脅かしすぎたせいかも知れない。熱暴走なんぞの心気臭い話は、老い先短い年寄りを相手にやるべきだったのかも知れない。小栗は、そう後悔して、気が滅入った。

琢也と闘わせた昨日の議論の内容を、布団の中で、逐一反芻してみた。今のところ、大きな破綻は見つかっていない。

「もうヤメだ。しの字効果や、熱暴走なんぞは糞くらえだ。俺の知ったこっちゃない。

取り越し苦労とはこの事だ……万一本物だったとしても……どうしようもない。一〇年前ならともかく、今となってはもう手の打ちようがない」

小栗は、これ以上考えるのは虚しくもあり、面倒くさくもあった。しかし、直ぐに、怖いもの見たさの入りまじった好奇心が、抑えきれない衝動となって突きあげてきた。

「こいつは、もう、コンピュータ・シミュレーションをやって見るしか、手がないだろう。確度はあまり当てにできそうもないが……大気海洋結合大循環モデル（Global Circulation Model）の改良版を実行する地球シミュレータがいい。あれを借りるのが手っとり早い。地球シミュレータは、日本が世界に誇る超高速の気象解析用スーパーコンピュータだ。内外の研究機関に利用の門戸が開かれている。となると、一個人の手には負えない。誰に頼もうか……」

小栗は思案した。

このコンピュータ・シミュレーションでは、海面と大気の層の熱的状態が解析される。これを模擬するために、大気の層内に多数の格子点（メッシュ・ポイント）群が設定される。この格子点群は、東西南北の水平方向には数十から数百キロメートルほど、高度方向には数百メートルほどの一定間隔で規則正しく配列される。時間間隔は、数十分らしい。

地球を饅頭に例えると、大気の層の厚みは薄皮饅頭の皮ほども薄い。こんな薄い大気の層が人類の運命を握っている。各格子点の大気に、物質保存（連続）の式、エネルギー保存の式、熱力学の式が適用される。

連続の式は、層内の湿った大気が、発生も消滅もすることなく、移動し膨張し圧縮される様子を記述する流体の運動方程式である。エネルギー保存の式は、海面から放射される赤外線を、湿った大気がその湿度と二酸化炭素濃度に応じた量だけ吸収して得る熱量と温度上昇値、赤外線の放射で失う絶対温度の四乗に比例する熱量と、圧縮／膨張で得失する熱量との収支の平衡を記述する式である。時間と三次元の位置変数とを四個の変数とする偏微分方程式が、最隣接格子点間の差分方程式に置き換えられる。各格子点の大気について、温度、密度、速度、圧力、湿度などの物理量が初期値として設定され、以後の変化の様子が地球シミュレータ上で算定される。

このコンピュータ・シミュレーションの泣きどころは、膨大な回数の繰り返し演算が必要となり、これに時間がかかることだ。そのため、メッシュの間隔を十分小さな値には設定できないことだ。メッシュの間隔は、シミュレーション精度に影響する。それは、各次元についてバランスを保ったまま設定しなければならない。南北方向のメッシュ間隔を半分にしたら、東西方向や高さ方向も半分にしてやらないと高精度化の実が上がらない。空間メッシュを半分にしたら、時間間隔も半分にする必要がある。つまり、空間と時間の四次元空間についてバランス良く同時にメッシュ間隔を細かくしてやる必要がある。

メッシュ間隔を半分にすると、演算時間は各次元について二倍ずつ増加し、四次元全体では、二の四乗倍、つまり一六倍になる。しかし、典型的な積乱雲の直径は数キロメートルから一〇キロメートルほどだ。雲は、日照を遮るという点で気温や海面水温に絶大な影響を及ぼす。ところが、水平面内のメッシュの間隔が数十キロメートルでは、肝心かなめの雲をシミューレーションで発生させることはできない。いきおい、この程度の気温と湿度だと、これぐらい雲が発生するはずだという推定や経験則に基づくパラメーター化を行わざるを得ない。このパラメーター化こそが、数値計算の確度を落とす最大の原因だ。

それはともかく、こんな時に頼りになる、あの沼間教授はもういない。思案のあげく、やっと、中田を想いだした。何でも、南海大学の海洋学部で教鞭をとっているらしい。中田とは、大学時代に、中村研究室でともに電子物理学を学んだ仲だ。二人は同い年だったが、大学では彼が一級下だった。超難関の有名大学の受験に二年続けて失敗したためと、彼がその訳を語ったことがあった。

中田とは、音信が絶えてから久しい。中村教授は、在任中に惜しまれながら早世した。中田は研究室に助手として残った。そんな彼を常任幹事とする旧中村研の同窓会も、いつの間にか自然消滅してしまった。そのうち、中田も助教授に昇格して、母校を去った。なんでも、電子物理学から海洋気象学に転向したらしい。まさに、時代の寵児といった彼にふさわしい、ミクロの世界からマクロの世界への華麗なる転身だった。中田と会うのは、同窓会が自然消滅して以来だ。

小栗は、やおら起き上がって顔を洗い、そそくさと着替えを済ませた。書斎の書庫の奥から、古い卒業生名簿を引っ張りだした。それを手掛かりに、学校の空き時間を利用して電話をかけまくり、ようやく彼の居場所を突きとめた。今度の週末に中間地点の渋谷の喫茶店で会う約束を、その日のうちに何とか取りつけた。

古き恋敵へのたのみごと

二〇一九年六月七日。中田と会う約束をしてから一〇日ほどたった金曜日の夕方だった。小栗は、ＪＲ渋谷駅近くの喫茶店で中田を待っていた。約束の六時をだいぶ回っていた。六月に入ったばかりだと言うのに、店内は三〇度もあろうかという暑さだった。クーラーの効きが悪いのか、それとも、外が暑すぎるのか。

「いゃー、すっかりお待せしてしまったようで……申し訳ない。出がけに、文科省から野暮用の電話が入ったもんだから……何しろ、研究費に関して生殺与奪の権限を握っているお役人様なもんで……」

そんなありきたりの言い訳をしながら、中田が現れた。約束の時間をだいぶ過ぎていた。この猛暑の中、イタリア製とおぼしき三つポケットの細身のスーツに身を固め、派手目のネクタイでびしっときめていた。彼は、席につくなりネクタイをゆるめ、扇子をせっかちに動かして顔や首筋をバタバタと扇いだ。何年ぶりだろうか……二人は久々の再開の挨拶をかわした。直ぐに、中田が切りだした。

「で、その頼み事って……?」

「実は、電話でもちょっと話したように、例の地球シミュレータで、確認してもらいたいことがあるんだ。君だったら、その辺の研究機関に顔がきくんだろう?」

そう言って、小栗は、地球では熱暴走が起きないとする定説への反論を、背景として中田に説明した。つまり、湿った大気の対流の弱まり、断熱冷却機能の低下、高空の温暖多湿化、雲量の減少、水蒸気の温室効果による局所的・一時的な熱暴走の発生などに関する現象についてである。その上で、小栗は、次のような具体的な課題を、中田に説明した。

海面水温の初期値を少しずつ高くしながら、コンピュータ・シミュレーションを反復する。これにより、海面水温の熱暴走の臨界値を探る。さしあたり、温室効果の大きさ、つまり、大気の層内の単位量の水蒸気による赤外線吸収率を、パラメータとする。

中田は、昔のままだった。ちっとも変わってない。迷惑そうな表情を隠そうともしないで、歯に衣を着せることもなくこう言った。

「そう言われても……あれは、半年も前からいろんなところから、予約で一杯なんだ。それに、事前におおよその使用目的を理事会に説明して、利用許可を取らなければならないんだ。そんな突飛な話に、利用許可が下りるかどうか……」

「そこを何とか。君ほどの顔だったら……」

小栗は畳みかけた。

「悪いけど……僕自身、君のそんな学説には、どっちかというと懐疑的なんだ……」中田は、つい本音らしいことも漏らした。

小栗も、そんな学者の業界の事情は多少はわきまえていた。中村研を離れるとすぐに西南大学で、しばらく助手を勤めたことがあるからだ。しかし、小栗は結局そこの水には馴染めず、心機一転高校の物理の教師に転向したのだった。

とにかく、学者が最も警戒すること。それは、怪しげな学説にかかわりあって業界内の信用を落とすことだ。無理もない。真贋を見抜けないようでは、学者としての能力を疑われかねない。そんな訳で、この業界では、大胆と言うか突飛と言うか……良く言えば斬新な、悪く言えば怪しげな学説に対しては、いきおい保守的にならざるを得ない。

現に、小栗は自説を公表しようと、これまで、いくつかの学会誌に投稿してみた。しかし、どれも、審査を兼ねた編集委員会で撥ねられてしまった。

「本稿は著者の単なる説であって、その説を立証するための記述（実験、観測、シミュレーション等）がまったくなく、学術的とは認められない」

という理由が付されていた。

中田は、だめ押しのように、こう指摘した。

「それに……三五℃から四〇℃もの高い海面水温を初期値として設定できるかどうか……そんな点でも、問題がありそうだ……そんな高い海面水温を想定した先例は皆無だろうからね。プログラムの欠陥と見なされて、演算を途中で強制終了されてしまう恐れもある……貴重なハードウェア資源の無駄づかいを防ぐという意味でね」

それでも、中田は、小栗の説をもう少し吟味したうえで善処しようと約束してくれた。官僚の逃げ口上のような、あまり当てにできそうもない約束ではあったが……。

中田とは、いろんな事があった。何しろ、二人ではりあった女性が、現在の中田夫人なのだ。とは言っても、やはり同じ釜の飯を食った昔の仲間だ。二人は、ひとしきり、懐かしい中村教授の思い出話に花を咲かせた。

NASAお墨付き「世界を救う5つの作戦」

小栗は、そんな思い出話をはさんで、もう一つの問題点を中田に投げかけた。

「万が一、水蒸気の温室効果による熱暴走が開始されそうになったとしたら、これを阻止する手だてはあるのだろうか」と。

中田は、さすがにその道の専門家である。小栗の問に、間髪を入れずこう答えた。

「一般的な温暖化対策としては、NASAご推奨の5つの作戦というのが、有るには有るんだ。もう一〇年以上も前の……二〇〇六年の一一月に、世界のトップクラスの科学者が、NASAのリサーチ・センターに集結し、多数のアイデアの中から絞り込んだ五つの名案という鳴り物入りだ。翌二〇〇七年に、BBCテレビで紹介されたこともあるらしい。

この五つの案は、インソレーションを減らすための三つの案と、二酸化炭素の大気中濃度を減らすための二つの案とに大別される。初めの三つの案は、君が心配している水蒸気の温室効果による熱暴走を阻止する案としても有効だろう」

「そんなお墨付きがあったとは、初耳だね」

小栗は、期待のあまり思わず身をのり出した。中田は続けた。

「まず、インソレーションを減らすための第一の案は、地球と太陽の間の二六〇万平方キロメートルほどの宇宙空間に、一六兆個の小型屈折板をばらまくというものだ。地球に向かう太陽光線の一部を屈折させて地球から逸らしてやることで、地球へのインソレーションを減らすという案だ。ばらまく場所は、地球から一五〇万キロメートルほど太陽に寄った太陽との引力が釣り合う空間だ。

第二の案は、大気中に人工的なエアロゾルを散布するというものだ。この人工エアロゾルで太陽光線を反射し、海面や地面へのインソレーションを減らそうという案だ。具体的には、ロケットで上空に硫化水素を運び、これを燃やすことで、硫黄の酸化物を高空にまき散らすというものだ。

第三の案は、海面の上空の低高度の空間に人工的にぶ厚い層積雲を形成するというものだ。この層積雲で太陽光線を反射し、海面へのインソレーションを減らそうという案だ。具体的には、海面から低空の雲めがけて海水を噴射し、雨核となる海塩を補給することで、雲の厚みを増やそうという計画だ」

「第一の案は、ずいぶんと大がかりのようだが、費用の方は大丈夫なの？」

小栗は、すかさず疑問を投げかけた。

「この案では、直径六〇センチ、厚さ三ミクロン（〇・〇〇三ミリ）、重さ一・二五グラムのシリカガラス製の屈折板一六兆個（二〇〇〇万トン）を、スペース・シャトルで一回に二三トンずつ八七万回に分けて打ち上げる。打ち上げ費用は、一回四・五億ドルとして総額三九二兆ドルだ。二〇〇六年当時のアメリカのＧＤＰの二九倍もの巨額な費用となるらしい。そこで、特殊な工夫を凝らすことで、打ち上げ費用を大幅に削減するというのがこの案の最大のミソだ。つまり、超伝導電磁石を利用した全長二キロメートルの直線加速器（リニアック）型の専用のカタパルトを開発し、それを使って小型ロケットを次々と打ち上げるらしい。

極めつけは、一六兆個の屈折板の一つ一つに位置と姿勢制御の機能がついていることだ。動力源は、判然としない。しかし、僕の考えでは、この動力源にも絡むことだが……大きな難点がある。宇宙空間にばらまいたわずか一グラムほどの反射鏡は、太陽風で押し戻され、すぐに地球の引力圏内に入って落下し、大気圏内で燃え尽きてしまうだろう。引力の釣合いなど、一旦崩れはじめると正帰還のプロセスに従って、どんどん崩れてしまうからね。つまり、後釜の屈折板の補充が頻繁に必要になる。ついでながら、屈折よりは反射を利用する方が多少はましだろう。反射板の方が、姿勢制御が粗くてすむだろうからね」

中田は、淀みなく答えた。

ちなみに、太陽風は、太陽の表面から宇宙空間に放射される陽子や電子などの荷電粒子を含む微粒子の流れだ。微小とはいえ、粒子である以上は運動量を持っていて、太陽から遠く離れた無重力空間内で小型の宇宙船を帆走させるぐらいの力がある。ちなみに、静止衛星は、地球の中心から三万六千キロメートルの上空を、地球の自転速度と同じ速度で周回する。この静止衛星の位置と姿勢が、太陽風によってずれると、スポットビームによる地上への照射位置がずれてしまい、通信用としては使い物にならなくなる。

そこで、ガスを噴射してずれた位置と姿勢を修正する作業が時々必要になる。この動力源のガスが尽きると、衛星は位置も姿勢も保てなくなったがらくたとなる。他の衛星の邪魔とならないよう、最後のガスで減速させ、大気中に落下させて焼却処分ということになる。今日では、ガスの噴射ではなく、長寿命のイオンポンプぐらいは積んでいるかも知れない。しかし、わずか一グラムほどの小型の屈折板の一つ一つにイオンポンプを積むなんて眉唾ものだ。ついでながら、太陽活動が活発になって太陽風が強まると、増えた荷電粒子によって地球の電離層が乱される磁気嵐が起こり、無線通信に支障をきたす。

「この後釜の補充の問題は、第二案でも同様だ。高空に散布した硫黄の酸化物は、やがては降雨に混じって海面や地面に回収されるからだ。この計画にヒントを与えた一九九一年のピナツボ火山の噴火の例では、硫黄酸化物の滞空時間はわずか二年ほどだったといわれている」中田はつけ加えた。

「それよりも、エアロゾルによるオゾン層の破壊や、酸性雨による人体への健康被害や、森林の枯死などの弊害の方が問題なんじゃないかな」

小栗は素朴な疑問をぶつける。

「そうなんだ。人類の生き残りという大事の前には、贅沢は言えないと言うことなんだろう。皮肉にも、この案の提唱者は、そんな環境汚染の研究でノーベル化学賞を受賞した人物のようだ。三つ目の案は、君の学説が正しいとすれば、効果のほどが疑わしい。海上の弱まった上昇気流には、大粒の海塩を上空まで運ぶほどの力がないだろうし……それに、例え、雨核の補給がうまくいったとしても、断熱冷却機能の弱体化により上空が温暖化すると、結露が生じにくくなるだろうからね」

中田は、どうやら、小栗の説に一目ぐらいは置いていてくれたようだ。

「どれも、いまいちパッとしないね。ちなみに、二酸化炭素を減らすための二つの方法って、どんなもんなの？」

小栗は、あまり期待できそうもないという態度を隠そうともせず、尋ねた。

「そうだね……一つは、大気中の二酸化炭素を水酸化ナトリウムの水溶液に溶かし込むことにより、炭酸ナトリウムとして回収するって案。まあ、タンカーから海面に流出した大量の原油を吸取紙で回収するようなもんだ。確か……人工樹とか何とか言ってたな。二つ目は……海面に尿素などの窒素肥料を散布して植物性プランクトンを繁殖させ、これに二酸化炭素を吸収させようという案だ。しかし、二酸化炭素は減らせても、亜酸化窒素など、一層強い温室効果の窒素酸化物が増えて逆効果になりかねない危険も伴う。自動車の廃棄ガスに含まれるNOxのように、健康被害を起こしかねない恐れもある。君も知っての通り、僕は化学の方はずぶの素人なんだが……」中田は、念を押した。

「天下のＮＡＳＡのお墨付きがその程度では、人類の運命は風前の灯火《ともしび》といったところだね」

小栗は、そんな憎まれ口を叩こうとした。中田の信頼を得る手前、精一杯虚勢を張って自分を大きく見せたかったからだ。しかし、慌てて飲み込んだ。どうも、そんな計画の一つに中田が一枚噛んでいそうな、嫌な予感がしたからだ。中田のご機嫌を損ねては、人類の運命よりも一足先に、コンピュータ・シミュレーションの運命が風前の灯火になってしまう。

結局、人間が自然の摂理を制御しようとしても、どこかにしわ寄せが来る。温暖化の防止策には、天下のＮＡＳＡと言えども、これと言った妙案がない。そんなところで、二人の意見が一致した。

いつもの居酒屋で

二〇一九年六月二一日。中田と再会したあの日から、二週間後の蒸し暑い晩だった。

小栗は、いつものように西武新宿線の野方駅で下車すると、いきつけのヤキトリ屋「松」の縄暖簾をくぐった。この店は、駅前から少し離れているせいか、店舗が大きなわりに落ちついた雰囲気がある。今日は、六月の第三金曜日だ。百合子は、毎月第一、第三金曜日には、絵画教室の講師の仕事で家を空ける。小栗は、そんな時には、野方駅で下車する百合子の出迎えも兼ねて、その店で過ごすことが多い。まず、ヤキトリを肴にゆっくりと晩酌をやり、最後に、お茶漬けなどで簡単な夕食をすますのだ。健脚を誇る彼は、酒好きと言うこともあって車は運転しない。

「らっしゃい！　まいど！　佐藤先生がお待ちかねですよ」

四〇前後の、見るからに男まさりのねじり鉢巻の女店主が愛想よく声をかけた。

カウンター席の奥には、飲み仲間の佐藤がいた。いつもより遅い小栗を待ち詫びたせいか、顔を赤らめてちょっぴり酩酊ぎみのようだ。佐藤は、都内の公立中学の理科の教師を定年まで勤め上げ、去年退職したばかりだ。根っからの気象マニアで、小栗にとっては、願ってもない話し相手でもあり、気象学の師匠でもある。

知りあってからしばらくして分かったことだが、佐藤は、小栗が卒業した大学の先輩だった。一まわりほどの歳の差はあるが、二人がそこの先輩と後輩の関係にあることには変わりがない。それ以来、小栗は佐藤のことを先輩と呼び、佐藤は小栗のことを小栗君とか、単に君とか呼ぶという二人の社会的関係ができ上がっていた。佐藤先輩は、口にこそしないが、毎月第一、第三金曜日には、小栗との飲み会を大そう心待ちにしているようだ。

佐藤先輩は、最近、気象予報士の資格試験を目指して本格的な勉強をはじめたところだ。何でも、教え子が気象予報士の資格をとったことに、年甲斐もなく触発されたらしい。佐藤先輩のチャレンジ精神には、小栗もすっかり脱帽だ。わが身を引き合いにすると、なおさらだ。予報技術の習得には、大気の渦や乱流など、流体力学の中でも最難関の高等数学もマスターしなければならない。これは、小栗の得手ではない。小栗は時々思う。自分も、数学がもう少し得意だったら、そこそこの物理学者になれたのではないかと。

佐藤先輩によれば、気象予報は、結果が全ての厳しい世界のようだ。今夜の雨による河川の増水に備えて、川原のブルドーザーを土手に上げておくかどうか。明日のイベント用に、どんな種類の弁当をどれだけ仕入れておくか。すべて今夜と明日の天気次第だ。それには、あの難解極まりない天気図を解読しなければならない。小栗は、あの蚊取り線香のような天気図を見ているだけで、トンボのように、目が回ってくる。読みがはずれると、多額の損失が発生する。業者はそれなりの金を払ってでも、より確かな天気予報を手に入れようと真剣になる。まさに、毎日が真剣勝負という厳しいプロの世界のようだ。

小栗は、挨拶もそこそこに、佐藤先輩の隣にそそくさと席を占めると、さっそく、生ビールとヤキトリを注文した。汗まみれの顔や首筋に、冷たいおしぼりをゆっくりと押し当てて丹念に拭うと、やっと人心地がついた。

酔人気象問答

「また夏が来るね。今年も、二年連続でラ・ニーニャが発生したそうだ」

佐藤先輩は、小栗が一息つくのを待ちかねたように、口を開いた。

「そうですか。今年も、去年のようになりますかね。あれは、すごい猛暑でしたよね。確か、六月初旬には、ラ・ニーニャの発生が確認されていました。二月のあれで、大量の南極の氷床が海中に落下したため、世界中の海面水温が下がる。そんなありきたりの予想が、ものの見事に外れましたよね」

小栗は、生ビールの中ジョッキをカウンター越しに受け取りながら、そう応じた。ちなみに、ラ・ニーニャ（スペイン語で「女児」）という現象は、太平洋の熱帯海域の西側の海面水温が東側の海面水温よりも一～二℃高くなる現象である。クリスマスの前後に起きやすいため、エル・ニーニョ（スペイン語で「男児」、つまり「幼子イエス」）と名付けられた現象とは、ちょうど逆の現象だ。正式には、ペルー沖の海面水温が平年値よりも〇・五℃高いか、あるいは低い期間が六ヵ月以上続いたかどうかで判定されるようだ。

「しかし、今にして思うと、そんなもんだったのかもしれないね。つまり、南極海に落下した氷床は、今のところは、そこの冷たい海水を押しのけただけだ。南極海を漂流中の大小の氷床は、ゆっくりと溶けだしてはいる。しかし、それによってできた冷たくて軽い真水が、世界中の海洋の海水温や塩分濃度に影響を及ぼしはじめるのは、もう少し先の話になるだろう。

南極海から遠く離れた熱帯海域では、海面水温が一時的に少し下がっただけだ。氷床に押しのけられた南極海の冷たくて重い海水は、拡散しながら北上するにつれて熱帯海域の暖かい海水の下に潜りこんでしまったからだ。それで、影響は意外と小さかった。とは言っても、腑に落ちないこともある。なにしろ、あの直後にちょっとだけ低下した熱帯海域の海面水温が、わずか数ヵ月で元の値にまで戻り、それを通り越して、上がりはじめているのだから。南極海の異変をきっかけとして、海流に何か大きな異変が起きたにちがいない」

佐藤は、本格的な気象マニアだけあって、そんな鋭い分析を披瀝した。

「原因はともかくとして、去年、気象庁は、『ラ・ニーニャのため、この夏は猛暑』という長期予報を早くに出しましたよね。ところが、七月に入っても梅雨明けが遅れて……蒸し暑いだけの日が続きました。当初の『猛暑』の予報が、『平年並みの暑さ』に下方修正されましたよね」

小栗はそう言いながら、ようやく出てきたヤキトリに七味唐がらしを振りかけた。振る手の勢いが余って蓋が外れ、ドバッとかかってしまった。

「ところが、八月直前になってやっと梅雨が明けると、一転、すさまじい猛暑が続いたという訳だ。日本のそれまでの最高気温が……わずか二年で……えぇ～っと……そうそう、四五・六℃に塗り替えられたからね。これは、確か、群馬県じゃなく……埼玉県の熊谷地方気象台で観測されたものだ」

佐藤は、かかりすぎた唐がらしに困惑する小栗を気の毒そうに見やりながらそう言うと、酎ハイのグラスに手を伸ばした。

二人が語りあったように、去年の夏は確かに殺人的な猛暑だった。救急車で病院に搬送される熱中症患者が、連日のように、全国で一〇〇〇人を超えた。テレビは、「外出の際には、必ず帽子を着用のうえ、飲料水をご持参下さい」という注意を繰り返し、繰り返し、まるでコマーシャルのように、執拗に流し続けた。フェーン現象による高温が予想される地区では、「不要不急の外出はなるべくお控え下さい」との異例の勧告さえ出されたほどだった。

「今年の夏はどうだろうか？　最近、気象庁の夏場の中・長期予報がずいぶんと当たらなくなったようだが……」

佐藤は、ひとり言のように呟いた。

ちなみに、例年、七月初旬から下旬にかけて、日本付近の南東の太平洋上に高気圧が発生する。これが、日本列島上空に停滞中の梅雨前線を北に押し上げるほどに強まると、いよいよ梅雨明けとなる。今年も、本来なら、梅雨明けまでは早くてあと半月、遅くてもあと一ヵ月といったところだ。

ところが、二〇〇〇年代に入ると、まるで、それを待っていたかのように、この時期の太平洋高気圧が年々弱まりはじめ、梅雨明けが遅れがちになった。気象庁は、

「フィリピン東方海上の対流活動が弱まったことが原因で、温暖化の影響とみられる。詳しい原因は調査中」

という説明を、もう長いこと繰り返してきた。

この梅雨明けの時期には、フィリピン東方海上で発生する活発な上昇気流が、一〇〇〇キロメートルほど北上したのち、日本の南東の太平洋上に下降する。すると、そこに、下

降時の断熱圧縮を受けて高温になった高気圧が発生する。この高気圧は、下降気流が海面に行く手を阻まれて圧縮されることで、さらに高温・高圧となる。このように、フィリピン東方海上の活発な対流活動のせいで、日本の近海に強い高気圧が発生する。この高温の高気圧が日本列島をすっぽりと覆って梅雨前線を北に押上げると、真夏の太陽が容赦なく照りつけ、いよいよ夏本番となる。

まったく同様に、フィリピン東方海上の対流活動は、千数百キロメートル南方の赤道海域の対流活動に影響される。つまり、赤道海域で発生する上昇気流が一〇〇〇キロメートルほど北上してきて、フィリピンの南方海上に下降し、そこに高気圧を発生させる。この高気圧から吹き込む風が、フィリピン東方海上に、活発な上昇気流を発生させる。つまり、赤道海域の受けた大量の熱が、一〇〇〇キロあまりにも及ぶ対流の中継作用によって、三〇〇〇キロメートルも離れた中緯度海域の日本近海に運ばれて来るのだ。

「異常気象」は「しの字現象」か？

「先輩。気象庁は、梅雨明けが遅れるようになった原因として、フィリピン東方海上の対流活動の弱まりを指摘してますよね。これは、私の持論の『しの字現象』そのものとは言えませんか?」

　小栗は、恐る恐る探りを入れてみた。

「『しの字現象』?　ああ、いつか、君が説明していたあれだね。確か……『高温多湿の大気の対流の鈍化』のことだったよね?　そう言われて見れば、そう言えないこともないかも知れない。しかし……対流の鈍化の原因としては、他にもいろいろな学説がある。チベット高気圧の影響とする説もそんな一つだし……」

　佐藤は、何となく気乗りのしない返答をした。小栗は、むきになって、説明を補足した。

「それは……つまり、地球温暖化が進んだため、赤道海域やフイリピン近海の海面水温が上がりすぎたからなんです。海面上の高温多湿の大気が重くなりすぎて、上昇気流、つまり対流活動がかえって弱まったんです。これは、私の持論の『しの字現象』そのものなんです。

　そう考えると、最近では、ラ・ニーニャの年に限って七月の対流活動が弱まることとも符合します。そんなラ・ニーニャの年には、太平洋東岸側のフィリピン近海や、その南方の赤道海域の海面水温が、平年値よりも二℃ほども上がるからなんです。事実、去年の七月中旬には、フィリピン近海の海面水温が三三℃にも上がりました。そんなラ・ニーニャの年に限って、例年よりも梅雨明けが遅れて八月半ばが猛暑のピークとなり、夏が秋にずれ込むという異常気象が発生します」

小栗は、そう語り終えると、かかりすぎた唐がらしを箸先で、根気よく丹念に取り除きはじめた。

「なるほど、八月に入って立秋が近づき、フィリピン近海の海面水温が下がりはじめた。すると、その海域の対流活動が、温暖化が進む前の夏至直前の七月中旬なみに活発になり、猛暑になった。つまり、フィリピン近海の上昇気流の鈍化によって、日本の夏の猛暑が、かつては盛夏だった夏至や大暑を境にして前半と後半に分離するんだ。確かに……そう考えると辻褄が合うね。これは、インド洋のサイクロンが五、六月と、一〇、一一月の期間に多発してきたこととも符合するね。つまり、最も熱い七月から九月の間にあまり発生しないのは、君の学説の通り、インド洋の海面水温が上がりすぎて上昇気流（対流）がかえって弱まるからだろう。

そう言えば、この傾向は、台風の発生海域の緯度が温暖化の進行につれてだんだんと北上している事とも符合する。インド洋では、陸地が赤道付近まで迫っているので、サイクロンの発生海域が北に移動できない。それで、真夏には発生しなくなる。太平洋上では、台風の発生件数は減るが、一旦発生すると大型化する。空中に運ばれる気化熱が増えからだ。おまけに、発生件数が減ったせいで蓄積された太陽熱が小出しにされなくなるためだろう。

他にもある。二〇〇二年以降のオーストラリアの旱ばつだ。従来、高温の赤道海域で発生する強い上昇気流が、雲を作ったり雨を降らせたりした後、強い下降気流となり、北緯（南緯）二〇度付近に大規模な高気圧帯を発生させる。これは亜熱帯高圧帯と呼ばれる地球的規模の乾燥地帯で、内陸部には点々と砂漠が形成される。小栗君の『しの字現象』によれば、地球温暖化に伴い、赤道海域では海面水温が上がりすぎて上昇気流が弱まった。このため、強い上昇気流の発生海域がより低温の高緯度の海域に移動しはじめた。その結果、オーストラリア大陸では、これまで南緯二〇度付近の大陸北部に形成されていた乾燥地帯が、南緯三〇度近辺のマレー・ダーリング川、ラグラン川などの流域の穀倉地帯へと南下しはじめた。急激に進んだ現地の深刻な旱魃と山火事の被害は、おそらくこれが原因だろう。小栗君の『しの字現象』によれば、最近のいろんな地球規模の気象変動が説明できるようだ」

ほろ酔い気分とは言え、さすがは気象予報士を目指す佐藤先輩である。小栗の拙《つたな》い説明を、ようやく理解してくれたようだ。気を良くした小栗は、一気にこう熱弁を振るった。

「そうなんです、佐藤先輩。最近、日本の夏場の気象データを、少し逆上って調べてみたんです。気象庁が指摘する『対流活動の不活発化』がハッキリしはじめたのは、もう一〇年も前の二〇〇七年頃でした。その年にも、去年とそっくりの異常気象が起きているんです。

つまり、ラ・ニーニャの発生、梅雨明けの遅れ、八月の猛暑、夏のずれ込みによる秋のはじまりの遅れという最近の夏場の異変がぜんぶ発生していたんです。二〇〇七年の梅雨明け前にも、フィリピン近海の低気圧と日本近海の高気圧との差がわずかに四～五ヘクトパスカルという日が、何日もありました。つまり、フィリピン近海から日本近海へ、という南北間の大気の対流活動が、『しの字現象』のため弱まったんです。赤道海域からフィリピン近海へかけての南北間の対流活動の鈍化もたぶん同様に起きているでしょう。残念ながら、気象庁のホームページには、赤道海域の天気図は載っていないんですが。

特に、二〇〇七年には、九州南部では三〇度を超える真夏日がなんと一一月初旬まで続きました。全国的にも、夏から冬に急変したと言えるような異常ぶりでした。つまり、その年には、秋が消えたんです。続いて起きたシベリアやアラスカの異常高温も一一月一杯続きました。そんな異常気象の夏場は、二〇〇七年以来、二〇一四年、二〇一七年、そして去年二〇一八年にも起きていて、その異常ぶりが次第に際立ってきているんです」

「赤道海域や、フィリピン近海から高緯度の海域まで大気の対流によって運び出される熱量が減ると、赤道海域の海面水温が上昇しはじめる。君の『しの字現象』によれば、海面水温が上昇するにつれてこの対流がさらに弱まる。つまり、赤道海域の海面水温の上昇が、正帰還のプロセスに従って加速されはじめているということなんだね？」

佐藤先輩は、やっと小栗の学説を完全に理解してくれたようだ。小栗にとっては、佐藤先輩は、何といっても仏様のような慈悲深い存在だ。

高空の雲量の減少

「ところで、小栗君、話しは変わるけど……先週のあのニュース見た？　アンデス山地で起きた例の事件なんだが。今年に入って、これでもう八件目だ」

「ああ、あの氷河湖の決壊ですね。今度は、何千人もの犠牲者が出たようですね」

ちなみに、一九六〇年頃から、ヒマラヤをはじめとする世界各地の山岳地帯で、氷河が急速に溶けはじめた。溶けてせき止められた水が、大小様々な氷河湖を形作ってきた。そんな氷河湖の天然の堤防は脆弱で、ふとしたはずみで決壊しやすい。堤防の決壊で生じた鉄砲水が、下流の村落に襲いかかり、人も家畜も土砂と一緒に一瞬にして押し流す。そんな痛ましい大惨事が、ここ数年来、世界中の高山地帯で頻発していた。佐藤が指摘したのは、つい二日ほど前に、アンデス山地で起きたそんな惨劇だ。

「先輩！　最近、世界中で高山の氷河の溶け方が速まった原因について、どう思われますか？」

「さあ。温暖化が進んだからじゃないの？　それとも、君の『しの字現象』と、何か関係があるの？」

「そうなんです。私の説によると、関係があるんです。つい一ヵ月ほど前のニュースで、改めて気づかされたんです。それは、赤道直下の標高五八九五メートルのキリマンジェロの山頂の氷河（万年雪）が、あらかた消滅したというニュースでした。この氷河はここ一〇〇年で九五パーセントほども消滅してしまって、あと数年で完全に消滅するだろう言う報道でした。私がショックを受けたのは、氷河が消滅寸前になったという異変そのものではないんです。地元のタンザニア人の気象関係者が、何気なく語ったこの異変の原因なんです」

「ほう。それで、その気象関係者は何が原因って言ったの?」

気象マニアの佐藤先輩としては、聞き捨てならない。興味津々だ。いつもの貧乏ゆすりがもうはじまっている。これは、佐藤先輩が興奮した時に見せる癖だ。

「氷河が溶けた原因として、彼はこう語ったんです。『上空の雲が減って、日射量が増えたためだ』と」

「なるほど……小栗君の『しの字現象』から派生する、あの『高空の雲量の減少』という訳だね?」

「そうなんです。『高空の雲量の減少』という異常気象は、山頂の様子を毎日のように観測し続けてきた地元の気象関係者だからこそ、気がついたことなんです。『しの字現象』によって大気の対流が鈍ると、断熱冷却機能が弱まって高空が温暖化します。すると、水蒸気の量が増えるのにもかかわらず、高空の雲量はかえって減るんです。もっと正確に言うと、雲が形成される高度が増して薄くなるんです。高空では、温暖化しても、気圧の低下によって水蒸気の密度は確実に減少します。すると、出来る雲も薄くなるんです。山頂の雲量の減少は、ヒマラヤやアンデスなどの連峰よりも、キリマンジェロのような独立峰の方が目につき易かったんだと思います。

あっ、そうそう。それに……キリマンジェロの山麓では、降雨量が減っているとの報告もあります。これは、オーストラリアの干ばつの原因とは違います。つまり、亜熱帯高圧帯が高緯度地域に移動することで起きる干ばつとは、原因がまるで違います。なにしろ、キリマンジェロのケースは南緯二・五度という赤道直下でのできごとですからね。この赤道直下の降雨量の減少こそが、私の持論の高空の温暖化と、雲量の減少とを裏付ける現象と言えないでしょうか？」

小栗はそう語ると、時計に目をやった。思いがけず話しが弾んで、随分時間が経っていた。あわてて晩酌を切り上げて、お新香と鮭茶漬けを注文した。そろそろ、百合子から、電車に乗る直前の連絡が携帯に入る頃だ。

遂に停止か？　海洋ベルトコンベア

二〇一九年七月五日。中田と再会したあの日から、早くも一ヵ月近くがすぎた。七月最初の金曜日だった。今年も、梅雨明けが遅れそうだ。小栗は、その日も「松」のカウンターにいた。あとから加わった佐藤先輩も一緒だった。

店内のテレビは、世界各地の野性動物の絶滅の状況について報じていた。もちろん、地球温暖化に伴う環境変化が原因だ。北極海の海氷は、この夏も完全に消滅したようだ。もう去年に続いて連続二年目だ。夏期限定ながら、太平洋と大西洋とを結ぶ観光用の北極海航路も開通したらしい。ところが、観光客のお目当てのアザラシは子育ての場の海氷が無くなって、絶滅寸前らしい。このアザラシを餌とする白熊は、もうかなり前に絶滅したらしい。金と同じで、無くなりかけるとあっと言う間に居なくなるものらしい。

アフリカ奥地のペリカンや、フラミンゴなどの水鳥も絶滅寸前のようだ。干潟が乾き切って餌がなくなったせいだ。ボツワナ北部にある世界最大級の湿原オカバンゴ・デルタは、数年前に消滅したと言う。ケニアでは、飢えた象の群れが住民の畑の作物を日常的に襲いはじめた。飢えた虎やライオンや豹などの肉食獣が、村の住民や観光客を襲いはじめたという事件も報じられた。

小栗は、テレビの番組が終わるのを待って、佐藤先輩に話しかけた。

「この夏のオーストラリアの水不足は、そうとう深刻らしいですね。洗車や、芝生への散水が全面的に禁止されたそうです。それが原因で、隣人どうしが口論をはじめ、それが殺人事件にエスカレートしたという事件も起きたそうですよ」

佐藤は、そんな小栗の世間話にいつになくお座なりの生返事を返すと、もったいぶって、こう切り出した。

「天下の一大事ですよ！　小栗君」

「先輩。一体・全体、何があったんですか？」

小栗はそう答えながら、ふと思い当った。そういえば、今日は、佐藤先輩の様子がどうもおかしい。さっき、店に入ってきたときからだ。何か事情ありげで、気もそぞろといった様子だ。おまけに、いつになく、古ぼけた小さな鞄まで小わきに抱えていた。現役時代に愛用していた年代物だろう。

「これですよ　小栗くん　天下の一大事ですよ！」

佐藤は、そういいながら、カウンターの下の棚からその古鞄を取り出した。中から恭しく新聞を取り出すと、仰々しく広げて小栗に見せた。その紙面には、大きな活字の見出しが踊っている。

「遂に停止か？　海洋ベルトコンベア！」

こいつは、確かに、天下の一大事だ。晴天の霹靂とは、このことだ。最近、イギリスや北欧諸国、それにカナダやアメリカの東海岸などの北大西洋沿岸地域で、寒冷化の兆候が見られるようになったと言う記事だ。その大きな見出しは、その寒冷化の原因をセンセーショナルに報じたものだった。

「やっぱりそうだったんだ　僕が予想した通りだった」

佐藤先輩は、感激で語尾を震わせた。心なしか、眼まで潤んでいる。

「小栗君、僕が、先々週ここで言ったこと、覚えているよね　僕は、確かにこう言ったよね。

『赤道海域の海面水温が、あの大津波からわずか数ヵ月で、元の値にまで戻り、それを通り越して上がり続けている。海流に何かの大異変が起きたに違いない！』とね」

それは、一ヵ月ほど前、琢也と検討会を催した時に小栗にもふとわいた疑念だった。何しろ、太平洋の熱帯海域の海面水温が、この一〇年間だけでもほぼ一℃と、異常な急上昇ぶりを見せていたのだ。特に、去年の南極海巨大津波後の水温の急回復ぶりは異常だった。しかし、ここは、佐藤先輩の見事な推理に水をさすような、無粋な真似はしないでおこう。彼は、まるで鬼の首でもとったかのように、有頂天なのだから。小栗はそう肚を決めて、こう応じた。

「すごいですね、先輩　お見事な推理でした　もう、大気象予報士の貫禄十分ですね」

その新聞記事には、一枚の絵が添えられている。次頁のF図だ。あの有名な海洋ベルトコンベアの絵だ。二個の八の字を横倒しにして向き合わせ、それぞれの先端を切ってくっつけ合わせたような絵だ。

この絵は、一九八七年に、ウォレス・ブロイッカーが、アメリカ地理・物理学会で彼の学説を発表した時に使った絵だ。これは、グリビンや西澤らの著書にも引用されている。この学説は、あのハリウッド映画の話題作「デイ・アフター・トゥモロウ」のネタになったことでも有名だ。地球の気候が、温暖化から一転して、氷河期に移行するという、ジェット・コースターのように目まぐるしい転回のストーリーだった。

つまり、この学説は、「太平洋、インド洋、大西洋という世界の三大海洋を、ループ状に結ぶ一本の環状海流が存在する」というものだ。

この環状海流は、北太平洋からインド洋を通って北大西洋に向かって流れる暖かい表層部分と、これとは逆向きに、北大西洋からインド洋の南の南極海を通って北太平洋に戻る冷たい深層部分とから形成される。この環状海流は、地球上のすべての陸上の河川の流量を合わせた量の二〇倍もの大量の海水を、概ね二つの八の字から成るループを描きながら輸送する。この環状海流を生み出す原動力は、海水の温度差と塩分の濃度差から生まれる密度差だ。

F図（海洋ベルトコンベア）

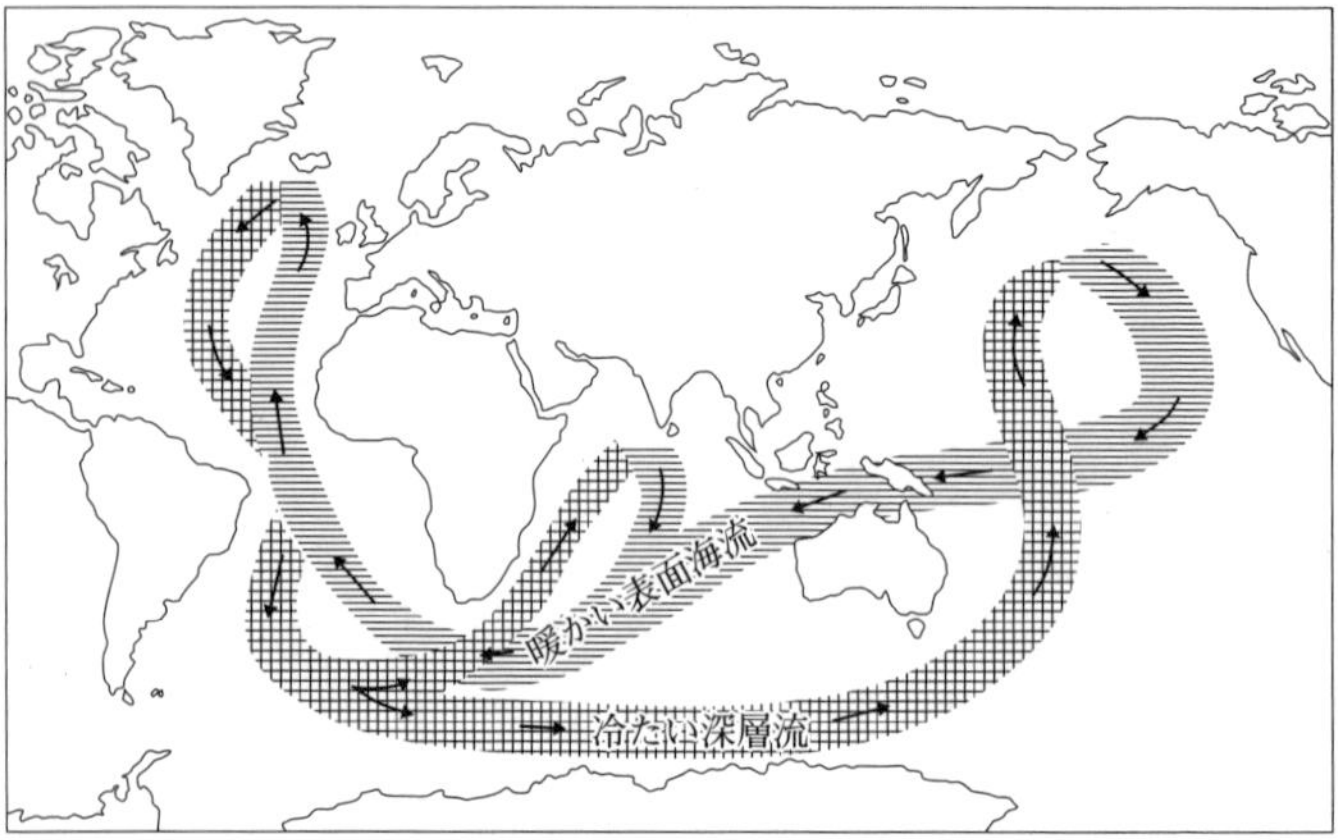

このベルトコンベアの表層部分は、太陽熱で暖められながら太平洋上を南下し、インド洋上を通って南大西洋に達する。この暖まった表層海流では、海水の蒸発が盛んに行われ、真水が減って塩分濃度が高まる。これが、大西洋上を北上して低温の北大西洋上に差しかかると、海面水温が低下して密度が増す。すると、この表層海流は塩分濃度の増加と低温化とが相まって密度が急増する。その結果、北極海の入口に通じるノルウェー海のアイスランド付近で、北大西洋の深海へと沈降し、冷たい深層海流に変わる。

この深層海流は、アイスランド近くの狭まった沈み込み箇所で反転して南下しはじめ、大西洋の深部を南下し、南極海を通って太平洋上を北上したのち、狭いベーリング海峡に行く手を阻まれる。すると、後続の深層海流に押し上げられる形で表面に浮上し、再び表層海流に戻る。この表層海流も、狭いベーリング海峡と北極海の氷原に行く手を阻まれ、南に向けて反転する。あとは、太平洋を南下してインド洋を通って北大西洋に戻る。

この環状海流には、インド洋上で反転する分岐が存在する。この分岐は、深層海流の一部が南極海の手前で分岐してインド洋を北上し、インド亜大陸に衝突すると反転して表層海流になり、太平洋からインド洋を通って大西洋に流れ込む主流の表面海流に合流する。

結果として、太平洋、インド洋、南大西洋の赤道海域の海面を暖めた膨大な量の太陽熱が、寒冷な北大西洋に運び込まれ、そこを暖める。北大西洋の沿岸諸国が高緯度のわりに、昔から温暖なのは、この環状海流が熱帯海域から運んでくる膨大な太陽熱のお蔭だ。この環状海流は、地球規模での熱と塩の輸送を行うことから、海洋ベルトコンベアとも呼ばれる。

「この海洋ベルトコンベアが止まると、一体全体、地球にどんな異変が起きるのか？」

北大西洋の沿岸諸国をはじめとする欧米各国では、表層海流が運び込む大量の熱の補給が途絶えて、急速に寒冷化しはじめる。この海流の停止という異変の原因については、これまでも、いろいろ取り沙汰されてきた。最も有力な原因は、地球的規模の温暖化の進行に伴い、北極海の海氷やグリーンランドの陸氷が大量に溶けはじめ、その結果できた塩分濃度が低くて軽い真水が北大西洋に大量に流れ出すというものであった。つまり、軽い真水が北大西洋のアイスランド近海の沈み込み箇所の海面を覆うことで、表層海流の沈降作用が弱められ、遂にこのベルトコンベアが停止すると言う説だ。これと関連して、最近顕著になったメキシコ湾流の弱まりについても、早くから警鐘が鳴らされてきた。

北極海を通る短絡路

しかしながら、もっと深刻な事態が起こりつつあることを、佐藤も小栗もまだ知らない。世界中の専門家にしても、同様だ。それは、海洋ベルトコンベアの両端部分が、北極海によって短絡《ショート・カット》されつつあるという現象だ。もちろん、異常な速さで進行中の北極海の温暖化が原因だ。地球を北極点の真上から見下ろすと、G図に示すように、北極海の入口のベーリング海峡と、北極点と、北極海の出口のフラム海峡とを結ぶ線は、ほぼ三〇〇〇キロメートルの長さの直線となる。北極海の出口のフラム海峡は、グリーンランドの北西岸と、スバルバル諸島とに挟まれている。この三〇〇〇キロの直線に沿った海域は、海洋ベルトコンベアの一端側のベーリング海峡と、他端側のアイスランド沖とを最短経路で結ぶ短絡水路《バイパス》を形成している。

そもそも、北太平洋の海面（潮位）は北極海の海面よりも四〇センチほど高い。これは、暖かい太平洋の表層部分の海水の熱膨張率が冷たい北極海の熱膨張率よりも大きく、しかも太平洋の面積が北極海のそれに比べて圧倒的に大きいために起こる現象であろう。その結果、北太平洋の深海から浮上してきた海水の一部が海洋ベルトコンベアから分岐して、潮位の差で生じた水圧差によって、ベーリング海峡を通って北極海に流れ込む。この暖かい海流は、北極海を覆う数十センチから数メートルほどの厚みの氷原の氷を溶かしながらこれを丸ごと押し流す。そして、北極点を通過し、フラム海峡からノルウェー海を通り、一〇〇メートルほどの厚みの低温の真水の層として北大西洋へと流れ出す。

ところが、昨今の温暖化の急速な進展に伴い、北極海の氷が薄くなって割れやすくなった。その結果、分岐した海流に対する北極海の流動抵抗が減少し、北極海の短絡路を流れる海水の量が急増しはじめた。すると、暖かい海流に溶かされて薄くなった氷が、ますます薄く割れやすくなり、流動抵抗が一段と低下し、海水の流量の一層の増加を招く。このような、お定まりの正帰還のプロセスに従って、海洋ベルトコンベアの両端部分が、北極

G図

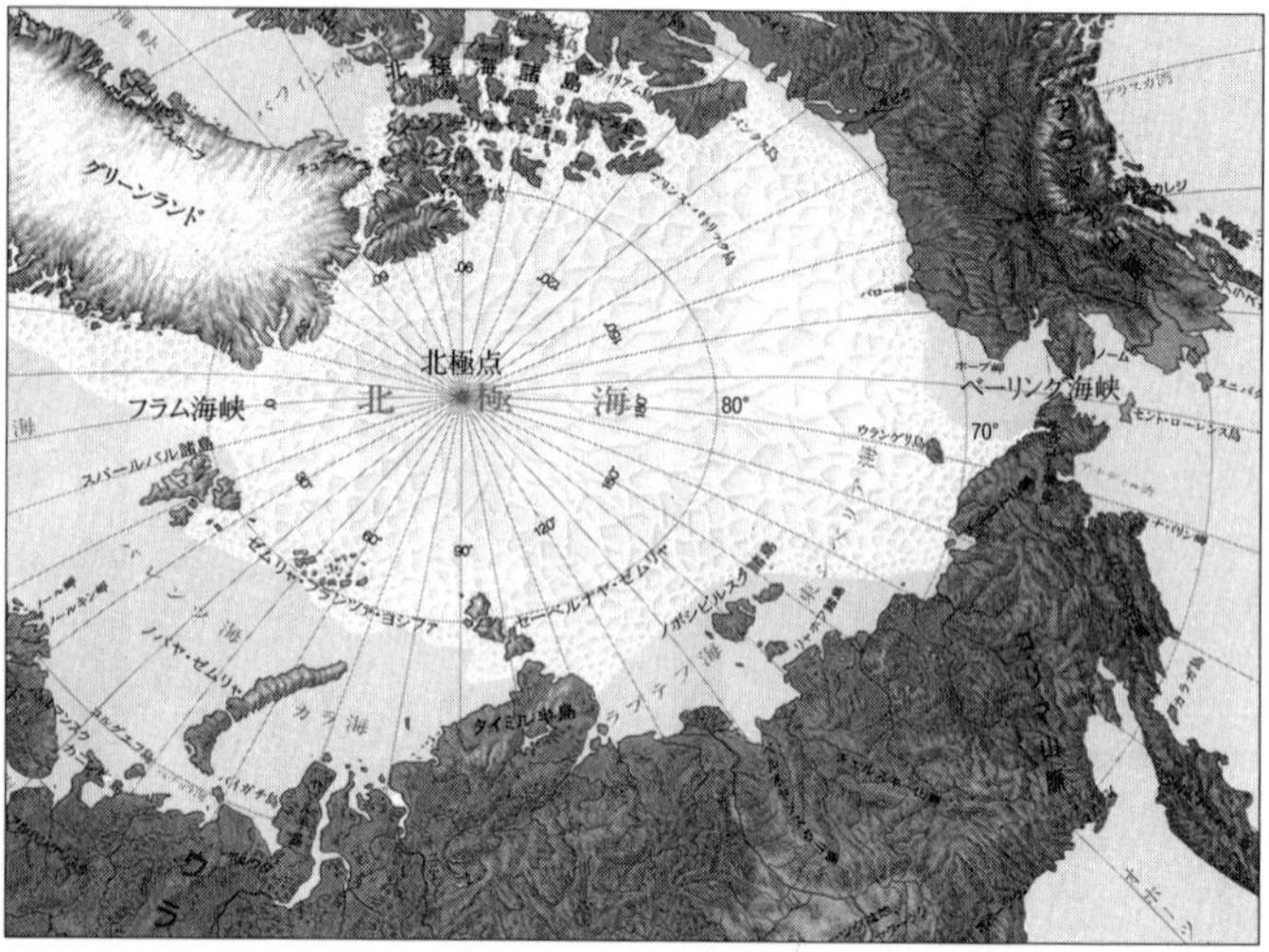

海によって急激に短絡されつつある。

つまり、F図に示す延々往復一〇万キロメートルにも及ぶ長大な海洋ベルトコンベアの両端部分が、G図に示すわずか三〇〇〇キロメートルほどの短い北極海内のバイパス路によって短絡されつつある。これは、海洋ベルトコンベアを発見したブロイッカーでさえも予期できなかった筈の大異変だ。人体に例えれば、動脈と静脈が心臓の近くでバイパスされてしまい、全身の組織が壊死しつつあるといった極めて深刻な大異変だ。

ちなみに、北極探検の先駆者ノルウェーのフリッチョフ・ナンセンの時代、ベーリング海峡寄りの北極海で、アメリカの観測船ジャネット号が氷原に閉じ込められるという事件が起きた。ところが、ジャネット号は、四年後に、北極海の出口のフラム海峡で発見された。これを閉じ込めた氷原が、丸ごと北極点を通過してフラム海峡まで流されたのだ。ナンセンは、この事件にヒントを得た。そして、一八九三年シベリア沖の氷原に自分の船を乗り上げ、氷原と一緒に数年がかりで北極点に到達しようと試みた。それから百二十年あまりを経た今日、氷原が北極海を横断するのにかかる時間は一年半ほどに短縮された。つまり、北極海を横切る海流の流速が二〜三倍に速まり、それが加速度的に速まり続けている。

二〇〇七年の冬に、世界の科学者のチームが、ノルウェー海軍の砕氷船スバルバル号で北極海の調査を行った。彼らは、厳冬期でさえも、氷原の厚みが一メートル前後しかなく、風の吹き具合で氷原がたやすく割れてしまうという事実を確認した。北極点に近いボルネオキャンプを訪れた他の一団は、真冬の北極海に発生した蜃気楼の人類最初の目撃証人となった。ショートカットによる海洋ベルトコンベアの停止は、時間の問題であったと言えよう。

例の話題をさらったハリウッド映画デイ・アーフタ・トゥモロウでは、海洋ベルトコンベアの停止をきっかけとして北大西洋沿岸地域が寒冷化しはじめ、氷河期が開始されるというショッキングなストーリーが展開された。これは、前にも触れた。

「小栗君。この海洋ベルトコンベアが停まった原因は何だと思う?」

佐藤先輩は、改めてそんな質問を投げかけた。

「さあ〜。先輩も予測されたように、南極の氷床で押し退けられた南極海の冷たい海水が、海底に沈み込んだことが原因でしょう」

「そうそう。大量の冷たい海水が、拡散しながら北上して、オーストラリアの南部や南大西洋の暖かい海の底に潜り込んだ。それが、海洋ベルトコンベアの大西洋から太平洋に戻る冷たい深層海流を消滅させてしまった。それが原因だろう。あたり一帯が冷水になってしまっては、冷たい深層流もへったくれもなくなるからね」

北極海の異変に通じていない二人は、海洋ベルトコンベアの停止の原因の一つとして、北極海によるショートカットの可能性が存在することを未だ知らない。

その海洋ベルトコンベアが、真の原因はともかく、この現実世界で実際に停止したのだ。長い時間かけて弱まっていたのが、南極海から押し退けられた冷い海水によって、とどめを刺されたのであろう。これで、小栗や佐藤先輩が、抱いてきた謎が解ける。熱帯海域の海面水温が急激に回復しただけでなく、前にも増して上昇したという謎が。

北大西洋沿岸地域が寒冷化しはじめた。人類のリーダーを自認する欧米諸国にとっては、この寒冷化こそが天下の一大事である。しかし、赤道海域で蓄積された膨大な量の太陽熱が、太平洋、インド洋、南大西洋の熱帯海域から運び出されなくなったこと。これこそが、人類全体にとっての一大事なのだ。入射した膨大な太陽熱が、深海や、北大西洋に運び出されなくなった三大海洋では、赤道海域の海面水温が急激に上昇しはじめ、熱暴走の臨界状態の海面水温に限りなく近づきはじめるからだ。この地球的規模の大異変に比べると、北大西洋沿岸諸国の寒冷化などは、単なる極地的、一時的な現象でしかない。

頻繁な火山の噴火に伴う溶岩の流出などの現象を考慮すると、巷間囁かれる寒冷化による全球凍結などは、起こり得ない気候変動だ。地球表面の一部の氷雪面が、火山の噴火などを契機に少しでも溶けはじめると、それが正帰還のプロセスにしたがってたちまち全球に波及するからだ。この全球凍結は、水蒸気の温室効果による熱暴走に比べると、生起確率はずいぶんと低いはずだ。

太平洋をはじめとする三大海洋では、この二〇年間、赤道付近の海面水温が上昇の一途をたどっていた。「しの字現象」による南北間の大気の対流の弱まりと、この海洋ベルトコンベアの弱まりとが同時進行していたからだ。この海面水温の上昇は、北極海や南極大陸の異変によって起きた今般の海洋ベルトコンベアの停止によって、一段と加速されるだろう。南北間の大気の対流の弱まりに、東西方向、それに海面と深海の間の熱輸送の停止が重なって、熱帯海域の海面からの放熱機構が地球的規模で停止しつつあるのだ。

小栗は何とも言えない不吉な胸騒ぎを覚えた。

戦慄の赤斑　海面に出現

二〇一九年七月一五日。もう七月も半ばというのに、梅雨空はまだ開けそうにもない。気象庁も予報を出しあぐねている。去年のことがあったせいか、ずいぶんと慎重になっているようだ。小栗は、百合子と二人、テレビを見ながら夕食をとっていた。ニュースが終わると、いつもの美人気象予報士が登場した。

彼女は、ひとわたり明日の天気予報を告げ終わると、

「赤道上空の気象衛星が見た奇妙な海洋気象現象」

と銘打って、短い解説を始めた。太平洋の赤道近辺の海面上に、直径数キロメートルほどの微小な赤い斑点が、時々観測されるようになったということだ。ちなみに、海面水温は、通常、温度が高いほど濃い赤色で表示される。つまり、赤い斑点は、微小な高温の海

域の出現を意味している。驚いたことに、気象衛星のマイクロ波放射計が捉えたその赤斑は、海面水温が四〇℃近い値を示しているとの事だった。それは、海洋気象学の常識では、あり得ないほどの高温なのだそうだ。

小栗は、手にした茶碗を危うく落としそうになり、あわてて食卓の上に置いた。茶碗の底が食卓の表面に触れて、カタカタと小刻みな音をたてた。

「遂に来たか！」

という恐怖感が、戦慄となって背筋を走った。話には聞いていたが、そんな様《さま》を体験したのは、生まれて初めてのことだった。一週間ほど前に「松」で感じたあの不吉な胸騒ぎが、遂に現実のものとなったのだ。

「地震かしら？」

訝りながら小栗と目を合わせた百合子の顔がそのまま氷ついた。それは、すぐに、怯えた表情に変わった。まるで幽霊でも見たかのようだった。小栗は、そんな百合子の表情から、その時、自分がただならぬ形相をしていたことを思い知らされたのである。

観測機や調査船をその海域に急行させても、なかなか実態が把握できないとの解説であった。その斑点は、数時間から、長くても半日ほどで消えてしまうからだ。奇妙なことに、その赤斑がいくつもの小さな部分に分離したり、逆に、いくつも合体して大きくなったりする現象も観測されているとの事だ。

この赤斑の分離・合体の現象は、小栗が抱きはじめていた恐れを一段と確《たしか》なものにした。その気象解説者は、

「そのような赤斑は、気象衛星に搭載されているマイクロ波放射計か、その後段の画像処理系の不具合が原因ではないか」

という気象庁の当面の公式見解を紹介し、話を締め括った。

小栗の口から、再び、呟きとも呻きともつかぬ声が漏れた。

「遂に来たか！」

「これこそが、熱暴走の初期につきものの一時的、局所的な揺らぎの現象だ。しばらくすると、複数の赤斑どうしが合体し合って、次第、次第に、直径数十キロ・数百キロもの巨大なものに成長してゆく。出現の時間も次第に長びくという様子が報じられることになるだろう。」

小栗は、確信をもってそう予見した。

第六章

熱暴走開始さる

海洋気象観測船・剣崎　現地へ急行す

二〇一九年八月一四日。日本が世界に誇る最新鋭の海洋気象観測船・剣崎が、調査海域に急行中であった。その甲板には、海洋気象学者・中田教授の姿があった。白くて丸い布製のヘルメットに半ズボン姿。そんないつもの船上での出で立ちだった。

「赤斑出現！　北緯〇一度五三分、東経一七八度三四分。貴船は、直ちに現場の海域に急行し、調査を開始されたし！」

そんな指令が、キリバス共和国のタラワ島西方の洋上で待機中の剣崎に届いた。つい一時間ほど前のことだった。もっとも、タラワ島は、南極海巨大津波に続いて七メートルも上昇した海面下に完全に没してはいたが。

中田はデッキの手すりにもたれて、ここ数日間の慌ただしいできごとを回想していた。「剣崎が赤斑の調査のために、パプア・ニューギニアのポート・モレスビーに向かう」中田が、そんな耳よりな情報に接したのは、つい二週間ほど前だった。中田は、矢も楯もたまらず、プロジェクト・リーダーを拝み倒して、何とか同行させてもらったのだ。小栗が恐れていたあの現象を、この目で確認する最初の人類の一人になれるかもしれない。そんな気負いが、中田をいつになく大胆な行動に走らせたのだった。横須賀出航には、タッチの差で間に合わず、空路ポート・モレスビーに先回りすることで、かろうじて乗船できたのだ。もっとも、「口出し一切無用」の言質だけは、しっかりと取られてしまっていたが。

剣崎が急行したその赤斑の海域は、タラワ島の東方、赤道と日付変更線とが交差するあたりだった。そこは、風もなく、波もなかった。中田がこれまで経験したことのないほど完全な、いや、不気味なほど完璧なベタ凪であった。海面は油を流したような、どんよりとした鈍い銀色の光を放ちながら、かすかなうねりを見せていた。中田は腕時計に目をやった。二〇一九年八月一四日一四時五分であった。日本は、旧暦のお盆の真っ最中だった。

「蒸し風呂のようだ」とは、こんな状態を表現するためにあつらえられた言葉であろうか。甲板上の気温は三九・三℃、湿度は九五パーセントを示していた。洋上でこんな高温が観測された例は、人類史上かつてなかったはずだ。海面水温は気温よりもわずかに高く、三九・八℃であった。静止軌道上の観測衛星が、上空からマイクロ波放射計で得た観測データに、誤りはなかったのだ。

彼は、ふと空を見上げた。乳濁色の大気を通して真夏の太陽が見えた。サングラスを外そうと顔にのばした右手が、宙をさまよった。彼は、それをかけていないことに気づいて、思わず驚きの声を漏らした。たっぷりと湿った大気が、真夏の強烈な太陽光線を弱めるサングラスの役目を果たしていたのだ。水蒸気は、長い波長の赤外線だけでなく、短い波長の可視光の成分も少なからず吸収する。その上、ごく微小な水滴が、全波長帯にわたる可視光線や赤外線も吸収する。上空の高温多湿の大気の層が、サングラスの役目を果たしているのは、そのせいであろう。

赤斑の不気味な正体

中田は、上空の気流の様子を見てみようと、ドップラー超音波レーダの計測室に入って行った。この超音波レーダは、上空の風速を三次元成分に分解しながら測定する装置だ。通常、五ビーム法と呼ばれる測定法が適用される。周波数・数十キロヘルツの超音波の搬送波がパルス状に切り取られ、バースト状の超音波ビームが作成される。この超音波ビームが、天頂方向と、この天頂方向から東西、南北の各方向に一〇度ほど傾いた斜め上方の四方向に放射される。

大気の層は、均一ではない。微小な水滴や、塵や、エアロゾルなどの異物や、大気の密度差などに起因するわずかな不均一さが必ず存在する。空中に放射された超音波ビームの一部が、そんな上空の不均一な箇所で反射されて戻ってくる。この反射パルスを受信し、それが戻って来るまでにかかった時間と、戻ってきた反射信号に生じた搬送波の周波数の変化量とを検出する。反射波が戻ってくるまでにかかった時間から、反射が生じた不均一な箇所までの距離、つまり高度が検出される。搬送波の周波数は、この反射波を発生させた不均一な箇所が接近中であれば高くなり、遠ざかりつつあれば低くなる。つまり、上空の風速に応じて変化する。初等の理科で教わった、あのドップラー効果である。このドップラー・レーダーを使うと、上空の任意の高度における風速の三次元成分が、正確に計測できる。

ちなみに、空港の近くでは、ウインド・シアーなどと呼ばれる乱気流が発生し易い。離着陸中の航空機がこれに巻き込まれると、墜落事故を起こしかねない。そんな危険な乱気流を監視するために、空港の近辺には、このドップラー音波レーダが設置されている。

中田は、観測装置から次々に吐き出されてくるデータ用紙をのぞきこみ、それが白紙である事に気がついた。

「故障ですか?」

中田は、装置の傍らのオペレータに、恐る恐る尋ねた。聞くだけなら、口出しの部類には入らないだろう。とっさに、そう判断したからだ。

「それが変なんですよ。ちゃんと動作してるんですから……ほら……」

そう言いながら、オペレータは、ブラウン管のモニタ端子から延びている同軸ケーブルの先端を、送受信部のいくつかのモニタ端子に、次々に接続して見せた。まるで、自分に言い聞かせるかのような仕種だった。ブラウン管には、上空に送信中の超音波のバースト信号や、上空から戻ってきて受信された反射波のバースト信号や、そのFM検波信号などが、次々に映し出された。

中田は、ブラウン管に映し出されたFM検波信号の振幅がゼロであることに気がついた。画面に時々現われる雑音らしい信号の乱れは、この送受信部がなんとかまともに動作していることを推測させた。そのFM検波信号の振幅がゼロなのだ。ということは、送信した信号と、受信した反射波の信号とのあいだに、まったく周波数の変化が起きていないということだ。

「つまり、どの高度でも、風速が完全にゼロなのだ。海洋の上空につきものの、かすかな上昇気流さえも存在しない。大気の層に動きというものがまったく見られない」

中田も、そのオペレータ同様、狐につままれたような気がした。海洋気象学者と呼ばれる中田でさえも、今まで、これほど奇妙な気象現象に出くわしことはなかった。

ラジオゾンデによる観測結果によると、三九℃ほどの高温多湿の状態がそのまま、高度一〇〇〇メートルあたりまで続き、それからやっと高度とともに緩やかに低下しはじめている。正常な昼間におけるその高度では、海面よりも六℃ほどは低い三三℃ほどに低下しているはずだ。夜間の地上では、放射冷却により低空ほど気温が下がる逆転層や、接地逆転層や、高度に対して均一な気温の層が一時的に形成されることがある。しかし、この現象は、熱容量の大きな海上では起きないとされている。人類誕生以前の太古の時代から存在したであろう気温減率の現象が、完全に崩れてしまっている。ここでは、正常な大気の層が壊れているのだ。

海中の計測結果によれば、海水温が、わずか二〇メートルほどの深度で海面水温から六℃ほど低下し、あとはごく緩慢に低下していた。入射太陽熱との熱平衡状態が保たれてきた従来の海洋では、そんな深度は、五〇〇メートルほどだ。中田は、観測データを何度も、何度も、指さしながら点検した。不審な点は何一つ見当たらなかった。この観測結果は、この異常に高温の薄い表面層が、ごく最近形成されたという事実を物語っていた。

つまり、入射太陽熱と海洋との間に、長年にわたって保たれてきた熱平衡状態が完全に崩れ、大量の入射太陽熱が堰を切ったように、海中に流れ込んでいるのだ。大気の対流によって海面から運び去られるはずの入射太陽熱が、上昇気流の弱まりと、水蒸気による温室効果のため、上空への逃げ道を失ったのだろう。このような現象は、地球の表面に大気の層と海洋が形成され、熱平衡状態に達して以来はじめての、少なくとも、人類が経験するはじめての現象であろう。

船上の気圧は、一〇二一ヘクトパスカル（hPa）を指していた。標準値一〇一三ヘクトパスカルよりもだいぶ高い値である。温まった大気が上昇する赤道近辺の正常な海洋では、通常、標準値よりも低い気圧が観測される。かといって、中・高緯度の高気圧の海域で見られるように、高空からフェーン現象で暖まった空気が吹き下ろしている様子もないことは明らかだ。湿った大気に大量に含まれる水蒸気の密度が、そんな高い観測値を生じさせているとしか考えられなかった。気圧は、上空の大気の総重量なのだから。

高温の表面層から採取した海水を顕微鏡で観察している著名な生物学者がいた。中田はそれを覗かせてもらった。べた凪とはいっても少しは船が揺れるので、顕微鏡を覗くにはかなりのこつが要る。中田は、そんなことにも慣れている。動きの鈍い動物性プランクトンや、微生物が多く見られた。まったく動かず、死んでいるものも多い。それは、この高い海水温がそれらの微生物に与えたダメージの大きさを、雄弁に物語っていた。

「こいつは、間違いなく、小栗が恐れていたアレだ。遂に、はじまったんだ。ガイヤは、肚を固めたんだ！　傲慢で貪欲な人類を一掃しようと！　自身、この美しき青き水の惑星から、醜いアバタづらの灼熱の星に変わり果てるという大きな犠牲を払ってまでも！」

中田は、呟きとも呻きともつかぬ声を漏らし、炎熱の船上で悪寒を覚えた。

「剣崎」の悲劇

剣崎が収集した恐るべき観測データは、局所的・瞬間的とは言え、水蒸気を温室効果ガスとする熱暴走の開始を裏づける確たる証拠であった。人類の絶滅を告げる動かぬ証拠として、全人類をおののかせるはずであった。しかし、その日から一ヵ月ほど経った今日にいたるまで、その証拠が日の目を見ることはなかった。剣崎がその証拠の観測データを母港・横須賀に持ち帰る日が、ついに来なかったからだ。

「調査を無事完了。本船はこれより直ちに、ポート・モレスビーに向けて帰投する」

そんな無線連絡を最後に、剣崎の消息は、ぷっつりと途絶えてしまった。

海賊に襲われたような形跡はなかった。アフリカ沿岸やマラッカ海峡などとは異なり、その海域での海賊の出没は、長いこと報告されていない。明神丸のように、海底火山の噴火に巻き込まれたような形跡もない。赤道上の静止衛星が当日撮影した海上の写真には、それらしき噴煙はまったく観測されていない。付近を航行中の船舶からの目撃情報もない。

当日は、晴天、微風で、船舶の航行を危険に陥れるような気象上の悪条件は、何一つ存在しなかった。剣崎は、バミューダ・トライアングルの怪のように、何の前触れもなく、何の痕跡も残すことなくぷっつりと消息を絶ってしまったのだ。ＳＯＳを発信する暇さえなく、まるで、神隠しにでも遭ったかのように。

日米両国政府の間では、急速浮上して来たロシア海軍の原子力潜水艦に当て逃げされたとの見方が支配的であった。これは、勿論、公表されなかった。当日、アメリカの攻撃型原潜が、長距離ミサイル発射用のロシア原潜を追尾していた。核魚雷を装備したそのアメリカの原潜が、追尾を振り切られた直後に、相手の暗号電文を傍受し、解読した。それは、原子炉事故の発生を報告し、緊急の指令を仰ぐモスクワ宛ての第一種暗号電文であった。原子炉事故が起きて急速浮上した際に、剣崎に激突して、これを一瞬にして沈没させてしまったのであろう。あるいは、米原潜の追尾を振り切ろうと急速浮上した際に剣崎に激突し、それが原因で原子炉事故が起きたのではないかとも推測された。

最近、地球温暖化の加速化に伴い、食料、水、燃料、希少金属をはじめとする原料などあらゆる資源の需要が、地球的規模で逼迫していた。米日連合と、中ロ連合との資源争奪戦が熾烈を極め、両者の間には一触即発の険悪なムードが漂っていた。サイパン島や、グアム島などを本拠地とする米日連合軍の動静を探るため、その遙か南方のソロモン諸島の赤道海域まで、中国やロシアの原潜が出没していた。

軍艦といえども、平時の当て逃げ行為は明らかな国際法違反である。沈没船の乗組員の救助義務にも反するからである。しかし、アメリカ海軍としては、暗号を解読したという事実を絶対に伏せておく必要があった。解読した電文の内容を証拠として公表すれば、苦心惨憺の末やっと解読に成功したロシア海軍の第一種暗号を、変更されてしまうからである。それは、何人ものアメリカの特殊工作員と、ロシア人協力者の生命を犠牲にして得た貴重な成果だったからだ。

そもそも、剣崎は三浦半島東端の地名である。元々は、剣の切っ先のように鋭く、海に突き出した岬といった意味があったのだろう。その突端には灯台と無線方位信号所が設けられ、沖合は遊漁船で賑わう好漁場である。大方の人は、「ケンザキ」とか、「ケンサキ」とか呼ぶが、正式には「ツルギサキ」のようだ。

つい三年前、地球温暖化の状況をつぶさに調査するため、既存の長崎海洋気象台などに加えて、横須賀海洋気象台が新設された。専属の新鋭船を剣崎と命名するにあたり、過去の経緯が問題になった。剣先は、八〇年ほど前の一九三九年一月、旧日本海軍の潜水母艦として建造された。後に改装されて空母・祥鳳となり、珊瑚海海戦でアメリカ海軍の急降下爆撃機の奇襲を受け、被弾・沈没したという経緯がある。しかし、今度こそは、軍艦にではなく平和の使者、人類の守護神・海洋気象観測船に、母港・横須賀のある三浦半島ゆかりの名前をつけよう。そんな地元民の熱い思いが叶った。珊瑚海で沈没したのは航空母艦・祥鳳であって、潜水母艦・剣崎ではないという意見も考慮された。海洋気象観測船剣崎が太平洋戦争の激戦地、タラワ島や、珊瑚海で散華した幾多の英霊に招かれたのだという興味本位の無責任な噂も、後になって流れた。

天才ニュートンの世界終末予言

二〇一九年九月二〇日。

小栗はいつものように、「松」の縄のれんをくぐった。世間はもとより日本政府も、剣崎が収集した恐るべき観測データをまだ知らない。肝心の小栗でさえも。中田が横須賀を出航する直前に送ってきたメールで、彼が赤斑の調査のために赤道海域に向かったことを知っただけだった。それさえも、厳重な箝口令が敷かれていた。小栗の方からのメールは一切控えてくれとの注文もつけられていた。その彼からは、まだ連絡がない。小栗は気が揉めたが、留守宅の和美夫人に問い合わせるのは、さすがにためらわれた。もう九月も半ばを過ぎたというのに、真夏の猛暑は一向に衰えそうもない。そんな異常な暑さだけが、今地球に起こりつつある大異変の一端を物語っていた。

カウンターには、まだ素面《しらふ》同然の佐藤先輩が待っていた。何か大事な話でもあると見えて、飲む量を控えていたようだ。佐藤先輩は、小栗が席に着くのも待ち切れないかのように、今日の夕刊を広げて見せた。そこには、

「ニュートン『世界の終末』予言」

という大きな活字が踊っていた。その記事によれば、かの有名なイギリスの天才数学者・物理学者のアイザック・ニュートン（一六四三〜一七二七年）が、

「早ければ二〇六〇年に世界の終末が来る」

という彼自身の予言を直筆の文書にしたためていたと言う。この直筆の文書は、彼の晩年の一七〇〇年代の初頭に書かれたもので、一九三六年にロンドンのオークションで落札

されたものらしい。この文書を入手したユダヤ人学者がイスラエル政府に寄贈し、一九六九年以来エルサレムにあるヘブライ大学図書館が保管してきた文書の一部だそうだ。

ニュートン自身が、暗号めいた記述で知られる旧約聖書のダニエル書を解読して、「やがて世界の終わりが来る。だが、すぐにそうなる理由は見出せない」

などと独自の分析を加えていると言う。

ニュートンは、宇宙の配置を反映していると彼自身が信じていた古代のユダヤ寺院の詳細な寸法や、構造についても検討していたようだ。その直筆の文書には、錬金術や神学、聖書の預言に関する記述も含まれている。そういった内容の記事であった。

小栗が、最初にそんな記事を読んだのは、もう十年ほど前のことだった。それは、その文書の一般公開の開始を報じる二〇〇七年六月二一日付けの朝日新聞の記事であった。今度の記事も、言わば、その蒸し返しであった。そんな終末予言が蒸し返されるからには、最近、それを暗示するような何か不吉な大事件が起こったに違いない。小栗は、むしろその方が気になった。

小栗は、そんな記事を最初に見た時、大きな衝撃を受けた。万有引力の発見者として知られる天才中の天才ニュートンその人こそが、近代物理学の始祖と目される人物だったからだ。彼こそが、錬金術、占星術、占い、予言などの中世の怪しげな数々の技《わざ》からの訣別を果たした「現代物理学の父」とも言うべき存在だったからだ。

ちなみに、その記事で紹介された旧約聖書のダニエル書は、主人公の預言者ダニエルの活躍を描いたわずか一二章から成るごくごく短い史書である。バビロニアのネブガデネザル大王によるユダヤ人国家の征服、ユダヤ人指導者のバビロン捕囚、ペルシャ王キュロスによるバビロニアの征服、捕囚ユダヤ人の開放とパレスチナへの帰還などといった歴史上の事件が背景になっている。例によって例のごとく、この世の一切の出来事がユダヤ人の唯一神の計画にしたがって起こったと説く、例のユダヤ神話である。

何しろ、ユダヤ人国家が滅びた原因は、ユダヤ人が彼らの神エホバ（当時のヘブライ語の一派のアラマイ語では、「ヤーウェ」）に背いてその怒りを買い、その結果、ユダヤ人の神が外敵を差し向けて彼らの国家を滅亡させた（敵の手に渡した）と言う筋書きになっている。そんなユダヤ人の独りよがりな歴史観に立った神話の集大成、それが旧約聖書中の史書なのだ。もっとも、ユダヤ人にして見れば、この世には彼らの唯一神しか存在しないので、そういう事にならざるを得ないのだが。

そんなダニエル書の内容は、世界の終末とは格別な関係はない。寺院の詳細な構造と宇宙の配置との対比という記事の内容からしても、ダニエル書ではなく、その一つ前のエゼキエル書の誤りであろう。これは、大預言者エゼキエルによる堂々四八章からなる予言書である。小栗は、そんな解説の胡散臭さも手伝って、その文書のことを、ニュートンの自筆を装った贋作だろうと決めつけてきた。

ちなみに、ニュートンの姓に付された「アイザック」の名は、ユダヤ教を継承したカトリック社会が、洗礼名として好んで使ったユダヤ名である。アイザック（ラテン語読みでは「イサク」）は、ユダヤ人とアラブ人の共通の始祖アブラハムの長男である。ニュートンの家系は、アングリカン・チャーチ（英国国教会）よりも、聖パトリック以来の伝統的なカトリックの流れを汲んでいたのであろう。「現代物理学の父」ニュートンといえども、そんな伝統的・宗教的なしがらみを引きずっていたのだろう。

小栗は、佐藤先輩の話に水をさすような、そんな不遜とも受け取れる率直な見解を披瀝した。佐藤先輩は、納得しない。

「でも、小栗君。ニュートンは君も知っての通り……一〇〇〇年に一人現われるかどうかの天才中の天才だよ。われわれ凡人には、想像もつかないような事も考えていたに違いない。早ければ二〇六〇年に起こる世界の終末とは、君が、最近、彼に三〇〇年も遅れてようやく気が付いた『地球・熱暴走』のことに間違いない」

なんと、佐藤先輩は、小栗を凡人の代表格に祭り上げてしまった。小栗の率直すぎるニュートン観が、だいぶ気に障ったと見える。彼は、その文書の真贋については疑うそぶりさえ見せず、こう言葉を継いだ。

「熱暴走、これこそが、唯一、世界の終末の名に値する自然現象だ。疫病や、地震・噴火などの天変地異で絶滅するほど、人類はやわではない。ほかに起こり得る世界の終末としては……地球と小惑星の衝突しかない。これが起こると、地殻がめくれ上がる地殻津波が発生し、わずか一日ほどで地球を一周する。加熱された岩石が昇華してできる高温の岩石蒸気が地球の全表面を一日ほどで覆い尽くす。衝突によって発生した膨大な熱によって、海水は沸騰し、すべて蒸発する。人類はもちろん、地中深く生息する微生物までもが絶滅し、地球は死の惑星となる。しかし、ニュートンがいかに超人的な数学の大天才と言ったって、生起確率が限りなくゼロに近いそんな宇宙的現象を、三〇〇年も前に計算できたとは、絶対に考えられない。何しろ、氷河期と間氷期を周期的に到来させる原因となった地球の公転軌道は、十万年周期でわずかずつ変化してきたほどなんだから。

それに、『早ければ』という彼の預言の言い回しには、大天才といえども予測不可能な……『三〇〇年後の我々人類の対応ぶり』という不確実な要素がしっかりと織り込まれている。そんな言い回しこそが、その終末が今日の人類の対応の鈍さによって生じる『地球・熱暴走』を指していることの何よりの証拠だ」

佐藤先輩は、超人的な大天才の能力を、独断と偏見で、勝手に持ち上げたり、下げたりしながら、そう力説した。

「でも、先輩。エゼキエル書には、四つの顔、四つの翼、四つの人の手のようなものを持つケルピムとか言う怪物なども登場するんですよ。そんな類《たぐい》の……まあ、言ってみれば、例の他愛のないユダヤ神話にすぎないと、私は思いますがね……」

「しかし、小栗君。この記事には、『ニュートンが宇宙の配置を反映していると信じていた寺院の詳細な構造を考察したりしている』と、はっきりそう書いてある。これは、太陽系内のインソレーションの計算に必要な地球、金星、火星までの太陽からの距離などを指していているに違いない……」

「確かに、エゼキエル書には、彼が夢うつつのままに誘《いざな》われた不思議な寺院の門の幅や、高さや、内部の建物と建物の間隔などが『キュピト』という単位で、うんざりするほど克明に説明されています。しかし、それが宇宙の配置を反映していると即断するのは、それこそ論理の飛躍というもんじゃないでしょうか?」

「小栗君。今の我々にはすっかり常識となってしまった宇宙の構造を、未開の蛮人に説明してやったとしたらどうだろう。彼らは、ちょうど今、君が抱いたとまったく同じ感想を抱くんじゃないだろうか?」

佐藤先輩は、とうとう小栗を、凡人どころか、未開の蛮人の代表格にまで祭り上げてしまった。小栗の不遜なニュートン感が、だいぶ気に障ったようだ。生涯を物理学の教育に捧げてきた佐藤先輩にして見れば、物理学の大天才のニュートンは神のような神聖にして冒すべからざる存在なのだ。小栗も、小栗で、いつになくこだわった。あの『しの字カーブ』に端を発する地球・熱暴走の理論は、絶対にどこかが間違っていなければならないからだ。人類の一員として……何としてでも、そう信じたかった。動かぬ証拠を目の前に突きつけられるまでは。

地球規模の水不足

小栗と佐藤先輩との間で交わされたニュートンの終末予言論争の結末はともかくとして、小栗が何よりも恐れていたこと、それが、いまや現実のものとなりつつあった。温室効果の主役が、二酸化炭素から水蒸気へとバトンタッチされ、対流の鈍化を引金とする地球の熱暴走が開始されたのだ。赤道海域の海面水温が熱暴走の臨界状態に達し、水蒸気の大気中濃度の増え方が、受動的なものから能動的なものへと切り替わった。地球は、太古の金星がたどったと同じ運命をほぼ一八億年遅れて、たどりはじめたのだ。一部の科学者の予測よりも二億五千万年ほど早く。これは、もはや人類の手には負えない。手をこまねいて傍観するほかない。

この熱暴走による地球の灼熱化は、全球蒸発を経て、一〇億年以上もかけて進行する。そして、今日の金星のように地表に一滴の水もなくなる灼熱化によってのみ完結する。人類がその一部始終を目撃する機会はない。ごくごく初期の数十年ほどで、絶滅してしまうからだ。人類絶滅の序曲が不気味に奏でられはじめた。地球の平均気温は、これまでの数百倍もの、年間数度もの速さで上昇しはじめるであろう。人々は、なぜ、これほど急激に気温が上がりはじめたのかと訝るだろう。これまでの二酸化炭素やメタンなどによる牧歌的な温室効果によっては、説明できない速さだからだ。

肝心の小栗をはじめ世界中の誰もが、まだ、その事実を確認してはいない。それを証拠付ける唯一の観測データは、海洋気象観測船・剣崎とともに、太平洋の海底深く葬り去られてしまった。剣崎が観測したその赤斑も、まるで剣崎があの海域から立ち去るのを待っていたかのように、消えてしまった。海面上の赤い斑点は、その後、太平洋上だけでなく、インド洋や、大西洋の赤道海域にもたびたび出現した。しかし、どの国の観測機関も、まだ、確認するには至っていない。これまでのところ、自然現象の初期段階につきものの、ランダム（無作為的）に出現したり、しなかったり、出現しても局所的かつ瞬間的という「揺らぎ」（fluctuation）の域を出ていないからだ。

内陸部の降雨量や、溶けた氷河からの流水量や、地下水量は一段と減少した。これによる水不足がいよいよ深刻になった。それだけでない。気温上昇に伴う耕作地からの蒸発量の急増が追い打ちをかけた。水の蒸発量は、気温が一℃上がるたびに七パーセントも増える。オクラホマ、カンザス、ワイオミングなどアメリカの中西部の六つの州に広がる巨大な地下水源の「オガララ帯水層」は、何百万年もの長い年月をかけて蓄積されてきた貴重な水源であった。それが、過剰な汲み上げによって水位が限界にまで低下した。小麦などの食料はもとより、最近では、トウモロコシや大豆などバイオ・エタノール用の穀物の生産量も急増したからだ。

地下水源は、塩分濃度が高すぎて灌漑には不向きな底層部分を残すだけとなった。打ち続く干ばつによる不作が続き、農民はローンの返済に追われた。彼らは、背に腹は代えられないとばかりに、危険な賭けに打って出た。塩分濃度の高い底層の水を使用したのだ。恐れていた通りの事が起こった。耕地は、焼けつけるような強烈な日差しの下で、たちまち巨大な製塩場と化した。世界の食料を賄ってきた肥沃な農地は、析出した塩の結晶で覆われた不毛の荒れ地へと変わり果てた。インドのパンジャブ地方や、ウクライナなど世界有数の穀倉地帯でも、同様の人災が起きた。

アジア各地では、ヒマラヤなどの山岳地帯の氷河があらかた消滅した。これらの氷河を源流とする揚子江、メコン、ガンジス、インダスをはじめとするアジアの大河の水量は激減した。温暖化による猛烈な高温と、干ばつも、追い打ちをかけた。河川の水が河口に届く前に消えてしまう「断流化現象」が、世界の大河のすべてで日常化しはじめた。中央アジアのアラル海、イスラエルの死海、ガリラヤ湖などをはじめとして多数の内陸海や、湖や、川も次々と干上がり、ひび割れた無残な湖底や川底をさらした。

チグリス、ユーフラテス、メコン、ナイル、ドナウ、アマゾンなど、世界の大河の水利権を巡り、流域諸国の水争いが熾烈を極めた。アメリカ型の大量生産・大量消費の社会は、とうの昔に持続できなくなっていた。それを持続するには、あと四つから五つ分の地球の資源を必要とする。かねてから、環境学者が警告してきた通りだ。

急激に進む灼熱化に伴い、まず、米、麦、芋、大豆、トウモロコシなど、遺伝子組み替え操作による品種改良を通じて高度の進化を遂げてきた穀類が、真っ先に壊滅するだろう。遺伝子組み替えによる耐高温性への品種改良も、急激な気温の上昇速度にはついて行けない。

アマゾン、ボルネオ、アフリカ、シベリア、アラスカなど世界各地の森林地帯では、大量の樹木が高温と乾燥のせいで、枯死するだろう。枯死した樹木は、高温・多湿の大気の下で、微生物により分解される。最終的には、酸化され、大量の二酸化炭素を大気中に吐き出すだろう。森林は、雨期の降雨を蓄え、乾期に放出するという天然のダムの機能を完全に喪失した。温暖化が進んで乾燥したシベリアや、アラスカの針葉樹林（タイガ）では、春季には、落雷による森林火災が頻発し、大量の熱と二酸化炭素を放出し続ける。暖まった海洋からは、膨大な量の二酸化炭素が大気中に吐き出されはじめた。海上では、かねてから、西澤らが警告してきた悪魔のサイクルが始動しはじめた。

熱帯性低気圧の発生海域は、赤道からはるかに離れた中・高緯度の台湾や沖縄の近海まで移動した。そこで発生した熱帯性低気圧は、さらに高緯度の海域に向けて移動するだけとなる。それらが、中緯度の穀倉地帯、特に、中国大陸に恵みの雨をもたらすことは、なくなるだろう。赤道をはさむ南北の低緯度の海域に入射して蓄積された膨大な太陽熱は、上空にも、高緯度地方にも、深海にも運ばれなくなる。熱の運搬手段であった湿った大気の対流と、塩分の濃度差による海中の対流が急激に弱まり、局所的かつ一時的にであれ、停止しはじめるからである。赤道海域が受けた膨大な量の太陽熱を、寒冷な北大西洋まで運んできた海洋ベルトコンベアは、今や完全に停止した。赤道海域の海面水温は目に見えて上昇しはじめるだろう。

高温の海域は、プランクトンの死骸で赤く変色した死の海と化すだろう。赤潮に覆われた死の海のそこかしこに、酸欠で死んだ大小無数の魚の死骸が白い腹を見せて漂うようになるだろう。そんな魚の死骸も、猛暑の中、たちまち腐敗し、無風状態のもと、絶えがたい腐臭を放つ重いアンモニア・ガスで覆われた不毛の海が作り出されるだろう。

餓死か尊厳死か?

そんな死の海が、海流に乗って中・高緯度の海域に向けて、ゆっくりと移動し続ける。かなりの部分は日本の近海にも漂着し、かつての好漁場を、酸欠の死の海面で覆い尽くすだろう。プランクトンを食物連鎖の底辺とするすべての魚介類も、ほどなく死に絶えるだろう。食料の供給を絶たれた人達は、奪い合いをはじめるか、座して餓死を待つだけとなろう。

空腹のため泣く力さえ失せた乳飲み子。与える乳も尽きて、成す術もなく放心状態で地べたに座りこむ若い母親。そんな悲惨な人々の姿を、東京、大阪、ソウル、北京、上海、ニューデリー、ニューヨーク、ロンドン、パリ、ベルリン、モスクワ、カイロをはじめとする地球上の到る処で目にするようになるだろう。世界中の人々が、干ばつと飢えに苦しむ中央アフリカ諸国のできごととして見慣れてきた、あの悲惨な光景を。

今にして思えば、そんなできごとは、工業先進国と自負した一握りの国々の自己本位の振る舞いのせいではなかったか。中央アフリカで二三年間続いた干ばつ、オーストラリアで一六年間続いた干ばつなどは、とうてい自然現象とは思えないからだ。それは、今にして思えば、今日の悲惨極まりない状況への警鐘だったのだ。

人々は、数日、数週間、あるいは数ヵ月後には、自分にも確実に死が訪れることを悟るだろう。わずかばかりの水と食物を隣人と争いながら生き延びてきた多くの人々は、こう語るだろう。

「生き延びて来たことも、この先、生き延びていくことも、苦痛に感じる」と。

人々は、生き延びるために味わわなければならない精神的・肉体的苦痛と、断ち切れない生への未練との狭間で、悶々とするであろう。食べ物も、飲み水も口にすることを一切拒み、やがて訪れる死を静かに待つ老人。ビルや崖から身を投げて死に急ぐ若者たち。覚悟の一家心中。無理心中……古来、生きる望みを絶たれた人々が、控えめに垣間見せて来たありとあらゆる苦悶に満ちた最期の姿が、そこかしこに展開されるだろう、尊厳死（安楽死）を望む病人の意思が尊重されるための、三つの要件があった。

「病状好転の見込みがないこと」

「延命に大きな苦痛が伴うこと」

「本人自身が延命を望まないこと」

飢餓と渇水と猛暑の三重苦に責め苛まれる人々の尊厳死についても、概ねこの要件が当てはまるであろう。

現在の灼熱化が好転することは、あり得ない。それは、ますます加速される一方通行の現象だ。尊厳死のための三つの要件は、貴重な食料や水を入手できなくなったすべての人々に当てはまるであろう。

食料と水の奪い合いに勝ち残り、その先に待ち受ける恐ろしい灼熱地獄を体験する人たちは、ごくごくわずかであろう。そんな人々は、真夏の高温の空気を、うっかり冷却マスクを通さずに吸い込んだだけで、口内や喉や気管にひどい火傷を負って苦しむことになるだろう。屋外の焼けた金属や石にうっかり素手や素足を触れただけで、手足にひどい火傷を負って苦しむことになるだろう。命の綱の水を、うっかり持たずに外出したばかりに、熱中症や脱水症状に苦しむことにもなるだろう。逝き遅れた人々は、先に逝った人々を弔いながら、彼らの幸運を羨むことになるだろう。

敵国民の抹殺（人口削減）を究極の目的とする殺戮戦のおぞましい悪夢が、現実のものとなりはじめた。古来、幾多の戦争において、敵国の民間人を殺戮の標的とした例は枚挙に暇がない。最近では、第二次世界大戦中、敵国の民間人を標的にした無差別絨毯爆撃も、その一例であった。少数の爆弾や焼夷弾で一人でも多くの民間人を効率よく吹き飛ばし、引き裂き、焼き殺すことを目的とした。しかしながら、そんな場合でさえも、究極の目的は、戦争を早期に終結させて味方の損害を減らすことにあった。

しかし、アメリカを始めとする欧米先進工業国がイスラム諸国や、中国、ロシア、パキスタンなどに仕掛ける昨今の戦争では、戦争の早期終結よりも、民間人の大量殺戮や、インフラの破壊を優先するという傾向が、次第に露になっていた。敵国の無防備な民間人と民間施設への攻撃が、その軍隊や軍事施設への攻撃よりも優先され、戦争はむしろ長引かされたからだ。国民もろとも、その生活基盤を徹底的に破壊し、石器時代に戻そうとする意図が見え見えであった。敵国を資源争奪戦の競合者の地位から引きずり下ろすこと、それが究極の目的だった。

物質文明の暴走

一七七二年、南太平洋の絶海の孤島に、オランダの海軍提督率いる一団が上陸した。彼らは、その島を訪れた最初の西洋人だった。その日がキリスト教のイースター(復活節)の最中だったので、その島はイースター島と命名された。この島は、宮古島か、小豆島ほどの広さの絶海の孤島であった。茫漠とした原っぱや丘陵のそこかしこに、巨石の人面像(モアイ像)が傾き、あるいは無造作に転がっていた。彼らは、訝《いぶか》った。その殺風景な孤島には、そんな巨大な石像の運搬に必要な木材や、ロープのたぐいが存在したとは思えなかったからだ。

島の歴史が、次第に明らかになった。紀元四世紀頃、三〇〇〇キロも離れたポリネシアのマルケサス諸島から渡ってきた人々がこの無人島に住み着き、原住民となったらしい。この島は、かつては、鬱蒼たる亜熱帯性雨林に覆われ、高度な文明が栄えていた。森から切り出した豊富な木材で、様々な建造物や、漁労用のカヌーなどが作られ、平和で豊かな生活が営まれていた。

やがて、再生可能な限界を超える規模の乱伐が開始され、森林は遂に消滅した。保水力を失った土地からは表土が流れ出し、豊穣な農地は不毛の草原へと変わり果てた。遂には、カヌーを作る木材さえも底をつき、漁獲量も激減した。乏しい食料の奪い合いと、おぞましい共食いの習慣を経て、彼らはほぼ絶滅した。一六世紀から一七世紀にかけての頃だった。まさに、今日の人類がたどった地球の歴史の先例であり、縮図でもあった。

人類は、つい最近まで、大量生産・大量消費というアメリカ型の生活様式を採り続けて来た。その結果、資源の枯渇だけでなく、湿った温室効果による地球の熱暴走を誘発し、イースター島民と同じ運命をたどりつつある。

イースター島の惨劇がはじまった頃、江戸期の島国日本でも、同様の事件が起こりかけていた。人口の増加に伴って食料の増産に迫られた各藩は、競って山地の森林を伐採し、田畑に代えた。山肌が保水力を失い、各地で洪水が頻発した。遂に、幕府は、安易な山地の開発禁止令を各藩に発令した。

　それから三〇〇年後、北朝鮮が同じ轍を踏んだ。食料増産のため耕地を拡大しようと、山の樹木を大量に伐採した。洪水が頻発し、大量の土砂が河川に流れこんだ。川底が上昇し、わずかな降雨でも洪水が頻発する脆弱な国土へと変わり果て、飢餓はいっそう深刻化した。

　西洋では、資源が不足した時、どうしたか？　資源を持つ異民族から奪って持ち返った。それでも足りず、新たな資源を求めて、陸続きの土地や、近くの島々に侵入した。古来、イギリスには様々な民族が侵入した。大陸から近く、おまけに、森林や耕地や牧草地など豊かな天然資源が存在したからだ。そこには、ケルト人の後だけでも、ローマ人、アングル人、サクソン人、デーン人、バイキング、ノルマン人などが、次々に侵入し、殺戮し、略奪し、支配した。

　この西洋人の資源調達政策は、二〇〇〇年経た今日でもあまり変わってはいない。資源が不足すれば、有るところから調達するだけだ。そのために、もっともらしい大義名文が唱えられた。十字軍は、キリスト教の聖地奪還を口実に、豊かなイスラム社会に向かった略奪者であった。彼らは、「香辛料」などの物資だけではなく、「数学」や「化学」などの学術も本国に持ち返った。これらの学術が土台となり、後に、天文学や物理学をはじめとする自然科学が西洋に開花した。

「そりゃ〜俺だって、イラク戦争が石油のためだってことぐらいは、知ってるよ。でも、アメリカのため、誰かがやらなきゃならんのさ」昔、テレビのインタビューに答えてこう語ったのは、イラク派遣が二度目と言うある州兵だった。国益至上主義者のアメリカ人は、石油資源確保という国益のためとあらば、対テロ戦争や、民主化などの名目を思いのままに捏造した。資源と無縁の地域で紛争が起こることは、滅多になかった。

その昔、西洋人は、アフリカやアメリカ大陸を侵略し、原住民から土地を奪った。そして、こう嘯《うそぶ》いた。

「土地を有効利用できる俺たちこそが、その所有者にふさわしい」と。

彼らの言う土地の有効利用こそが、土地からの過剰な収奪や、廃棄物による土地の汚染だった。

民族ぐるみの移住や、略奪には、大規模な兵力が必要で、金も労力も時間もかかる。安く買えるなら、それに越したことはない。古代ローマ人は、剣闘士と戦わせるライオンなどの猛獣を、北アフリカから安く大量に買い付けた。猛獣と奴隷との死闘を高見の見物しようなどと言う残忍な発想をする人間は、野蛮なローマ人ぐらいだった。お陰で、害獣への需要などなく、安く買えたからだ。その結果、当時、北アフリカの猛獣が絶滅寸前になった。

コーヒーは、アメリカ人の国民的嗜好品だ。ボストン茶会事件以来、紅茶党の英国人や英王室に対する旧植民地人のあてつけでもあった。コーヒーの原料の豆は、南米やアフリカの発展途上国から、シカゴなどに本拠を置く買手の言い値で調達される。このアメリカの調達システムに一度組み込まれてしまうと、もう抜け出せなくなる。遺伝子操作技術をモンサント社などに握られているせいもある。

「じゃあ、いいよ。余所《よそ》から買うから」という脅しが実行に移されると、貧しい生産者は飢死してしまう。コーヒー豆農家は、手にしたわずかな金で、ハンバーガーや、フライドチキンや、コーラなどのジャンク・フードを買う。買えるだけ、ましな方だ。何年も懸命に働いて、アメリカ製中古車の一台も買えれば、上出来の方だ。アメリカ式のライフスタイルの快適さを教えてもらった代償としては、あまりにも高くつきすぎた。

近世の日本人は、そんな欧米人の生活様式とは異なる独自の道を選択した。隣国からの略奪に代わる自給自足と、慎ましやかな貿易との組合せだ。これらは、いわゆる鎖国と糾弾された江戸期の外交政策を遂行する上で必要になった。金銀などの鉱物資源の枯渇に伴う外貨防衛政策が、貿易額の制限を必要とした。いわゆる鎖国は、カトリックを隠れ蓑として、日本の支配を狙ったスペイン、ポルトガルとの国交断絶でもあった。南米をはじめとして世界各地で行われた彼らの暴虐は、凄まじい。フランスのノーベル賞作家ル・クレヂィオの著書を引き合いに出すまでもない。

江戸期日本の外交政策は、平和立国政策でもあった。朝鮮、中国などの隣国に対する侵略路線とは訣別し、不足分は貿易により平和裡に調達するという国策の宣言でもあった。前政権の秀吉による隣国への侵略路線の失敗に学んだのだ。一六九〇年に来日した当代随一の知識人のドイツ人・ケンペルは、幕府の外交政策を称賛し、その理由をこう語った。「自然の恵みによって各種の必需品が生来豊かに備わっており、また住民の多年にわたる勤勉な労働によって十二分に発展充実しているような国においては、元来交じって何ら得るところなき異国の持つ悪徳、貪欲、瞞着、暴力等からその住民と国境を守ることが、ひとり単に有益なるのみならず、また義務であるとすら言えるであろう」と（「司馬遼太郎の置き手紙」さくら俊太郎　文芸社）。

国内資源の調達が可能な範囲内で、生活の物質的向上を図る。自給できないものは、隣国の朝鮮、中国、オランダなどから貴重な外貨を使って買う。略奪のための軍隊を養うよりもはるかに経済的だ。これは、人類史上稀な、大成功を収めた外交・通商政策だった。これと対照的に、戦争に明け暮れた近世ヨーロッパの絶対王政下では、軍事費が国家予算の八〇から九〇パーセントを占めた。それに比べると、最近の北朝鮮の方が、多少はましだった。そんな近世のヨーロッパや、明治以降の戦争に明け暮れた帝国主義日本とを対比すれば、江戸期日本の外交政策の成功のほどは明らかだ。

江戸期の日本は、物心両面が調和した高度な文明社会だった。幕末に日本を訪れた欧米人のほとんどは、日本が文化面では、西洋よりもはるかに進んでいることを、鋭い目で見抜いた。彼らは、当時の西洋各国を代表する知識人だったからだ。

高等生物の進化と寿命

小栗は、築地のとある古ぼけたビルに、タクシー代わりのモーターボートで乗りつけた。路の迎えの時間を船頭に告げてから、ボートを降りた。往復の料金は、最後にまとめて支払う。迎えをすっぽかされて、日干しになってしまわないための用心だ。

今日は、小栗一人きりだった。ビルの中は荒れ放題だ。この一帯は、外堀通りに建設中の新らしい堤防の外側に位置する遠浅として、低地の海中に遺棄されていた。崩れ残った古いビルは、次の津波の襲来に備えた波消しブロックも兼ねていた。

階段をゆっくりと登りつめると、そこは一五階の最上階だった。ホコリだらけの廊下をクモの巣を払いながらたどり、突き当たりの開け放しの入口から部屋に入った。そこは、かつては大部屋の病室であったらしい。六台の古ぼけたベッドの残骸や、点滴用の器具などが埃をかぶったままの状態で放置されていた。

小栗は窓際のベッドの傍らに佇み、窓外の景色に目をやった。かつての隅田川とおぼしき水面の彼方に、勝どきや月島とおぼしき街並みが遠望できた。街の一階部分は、水没していた。かつての勝鬨橋とおぼしきあたりには、橋脚の残骸が波の間に間に見え隠れしていた。

小栗は、ふと、あの有名なホーキング博士の言葉を思い出した。イギリスの車椅子の天才・天文学者として知られた人物だ。

「高等生物の人類が、他の高等生物に出会う機会が滅多にないのは、何故でしょうか？」

そう問われて、彼はこう答えたと言う。

「それは、高等生物がすぐに滅び去ってしまうからです」と。

人類は、進化して高等生物を自称する存在になった。それから、まだ数十万年しか経っていない。どうやら人類と名乗った高等生物も、ホーキング博士が指摘した例に漏れず、すぐに滅び去ってしまうようだ。思えば、地球四五億年の歴史に比べると数万分の一ほどの短い命であった。自らが早めた地球の灼熱化が原因だ。

類人猿から人類に進化するための必須の気質として、「凶暴さ」「貪欲さ」「傲慢さ」「嫉妬深さ」の四つを挙げることができよう。人類が経験してきた「変化」を「進化」と言うこともできよう。すると、この四大気質は、そんな進化に不可欠な原動力であった。

凶暴さについてはどうか？　敵の先制攻撃を受けた時、恐怖で身がすくんでしまった人間もいただろう。そんな人間は、敵の第二撃をかわすことができずに滅んでしまった。凄まじいばかりの怒りの感情を爆発させることで敵への恐怖心を克服し、反撃に転じた人間だけが生き残った。棒でこずかれた猛獣の子が、大きな図体の人間に対して、恐怖心の代わりに見せるあの凄まじいばかりの怒りの感情を思い起こせば、納得がいくはずだ。滅びてしまっては、進化も退化も、停滞さえもない。この人類の進化に必須の「凶暴性」は、危険な敵と隣り合わせで生き延びてきた人類にとっては、「勇気」という美徳でもあった。

「貪欲さ」然り。次は、いつ獲物にありつけるかは分からない。一旦ありついた獲物は貪り尽くす。それが生き残りの秘訣だ。企業活動では、「積極性」や「アグレッシブネス」と呼ばれた美徳であった。「傲慢さ」然り。過剰なほどの自信なくして、弱肉強食の世界を生き抜けない。企業活動では「自信」と呼ばれた美徳であった。「妬み」また然り。これなくして、努力も進歩もない。これは、「愛情」の裏返しでもあった。神がモーゼに授けた十戒のうち、第一戒は、「私のほかにいかなる神も持つな。私は妬み深い神だから」であった。「神は、妬むほど、私たちを愛してくれた」こう信者に説いたのは、初代法王の伝道師パウロだ。神でさえも嫉妬心からは逃れられない。いわんや、人間においておやだ。嫉みなくして、愛も、連帯も、競争も、模倣も、進歩もない。

ユダヤ人とキリスト教徒は、ずいぶんと人間臭い神を持ったようだ。人間と彼らの神との関係は、人間どうしの関係のように、契約によって律せられる。ギブ・アンド・テイクの関係だ。東洋思想における神仏から人間への無条件かつ一方的な愛とは、だいぶ趣を異にする。

しかし、何事も、「過ぎたるは及ばざるが如し」である。

人類は、そんな進歩の結果、何百回も殺しあえるほどの凄まじいばかりの破壊力を手中にしてしまった。そんな人類にとって、「凶暴性」は、互いに殺し合い、傷つけ合うための過ぎたる悪徳へと変わり果てた。思えば、四大気質のうち、人類が曲がりなりにも克服できたのは、この「凶暴性」だけだった。二度にわたる世界大戦の殺戮地獄を体験したあげく、かろうじて成功したようだ。ＥＵがその見本だった。

残る三つの美徳も、人類の進化に伴い、過ぎたる「悪徳」へと変質してしまった。しかし、その克服には、最後まで成功しなかった。どれも、「凶暴性」のようには顕在的ではなかったからだ。詭弁や虚言を弄することによって、人々の心のひだの奥深く、巧妙に隠しおおせたからだ。さほど有害そうに見えなかったせいもあった。

収集・栽培・製造・販売という産業活動は、素朴で堅実な生活を支えてきた実業であった。しかし、この実業は、最も進歩を遂げかのように見えた一部のアメリカ人とその盲目的な追従者とによって、マネーゲーム（金融）という虚業へと進化した。それまでに、一〇〇年とかからなかった。マネー・ゲームは、何一つ生産しない。一部の参加者の損失を他の参加者が儲けとして手中にするだけだ。参加者の誰もが儲ける状態、それはバブル経済と呼ばれた。参加者はもとより不参加者も含めて皆が損する状態、それは恐慌と呼ばれた。

つい最近の世界恐慌は、投資家の誰も損しない金融システム、つまり誰も失敗を恐れる必要がないリスク分散システムから生まれた。この恐慌の初期段階では、「実体経済」への影響という言葉が飛び交った。しかし、この用語の反意語は何であるかを、明快に語ってくれた経済学者はいなかった。字面を追えば、「虚体経済」のはずだが。それとおぼしき唯一の反意語は、「金融」と言う用語であった。すると、金融は虚体経済ということになる。

日本をはじめ、アメリカ追随諸国の指導者層は、このマネーゲームを新手の経済理論や、無から有を生み出す錬金術であるかのように錯覚した。「金融工学」という数合わせだけの経済理論さえ出現した。「貨幣」は、古来からの物々交換による取引を円滑にするために考案された。この一手段にすぎなかった貨幣が、いつのまにか、人類の過ぎたる悪徳の貪欲さを煽り、満たすための目的物と化した。

西洋思想には、「過ぎたるは及ばざるが如し」に相当する戒律がない。やり過ぎを戒める自制機能を欠いている。この東洋思想の真髄は、人間社会だけに限られない。自然界にも当てはまる普遍的な法則だ。太陽熱の恵みも、強すぎれば災いになる。良薬も、量を過ごせば毒になる。

「ほどほど」や「中庸」の戒律を欠いた西洋文明は、破滅まで一気に突っ走ってしまった。ブレーキのないレーシングカーのように。西洋思想のこの致命的な欠陥を見抜けなかった人類は、飛躍的な「進歩」を遂げることで、絶滅を早めた。

この「中庸」という東洋精神の真髄によって、西洋思想による人類の暴走に歯止めをかけること。これこそが、日本人に課された人類に対する崇高な使命であった。江戸期に発達した物心調和した生活様式、つまり、自然との調和、省エネ、再利用、節約こそが美徳という生活習慣の手本を示すことこそが、人類に対する日本人の名誉ある使命であった。しかし、肝心の日本人自身が率先して、ご祖先様の美徳と英知を蔑視し、投げ捨ててしまった。大量生産・大量消費の近代的生活様式にとって、「節約」は最大の異端なのだ。

小栗の不思議な感覚

小栗に、あの不思議な感覚が蘇ってきた。自分は、最近、死んだのではないかという感覚だ。もしかしたら、あの巨大津波からの逃避行の最中に、自分は死んだのではないだろうか？

小栗が、最初に、そんな不思議な感覚に捉えられたのは、もうずいぶんと前のことだ。当時一九歳の小栗は、十数人ほどの仲間と、故郷の冬山に籠もっていた。

「ここのお山は東北《あずま》一、出羽富士の名ある鳥海よ」

と歌われた鳥海山だった。日本海岸からそそり立つコニーデ型の独立峰で、標高は、まぎれもなく、あずま一の二二三六メートルだ。

一九歳の小栗を含めた十数名の山仲間たちは、その山頂から標高差で五〇〇メートルほど下った山小屋、「滝の小屋」に寝泊まりしていた。東北の日本海側の山は、冬場は油断ならない。シベリヤから日本海を渡って来た強い季節風が地軸を揺るがすばかりのすさまじい唸りをあげて吹き荒れるからだ。暖かい海上の水蒸気をたっぷり吸いこんだ朔風が山肌に激突し、ドカ雪をもたらす。さらに、強風で雪面から舞い上げられた粉雪による地吹雪が加わる。視界は一〇メートルほどにも低下する。独立峰では下山がむずかしい。下るにつれて裾野がひろがり、目印のない平坦な雪原上のルートの選択肢が増えるからだ。傾斜に沿って下りすぎ、沢にでも迷いこむと一大事だ。

下山時の目印に、赤い小旗を結びつけた身の丈ほどの竹竿を、視界に応じた間隔で雪原に立てながら、登ってゆく。旗や竹竿が強風で吹き飛ばされでもしたら一大事だ。輪かんじきとアイゼン（鉄製の爪）の両方を装着し、ロープで身体を結びあって雪原を登る。高度が増すにつれて、雪が強風で吹き飛ばされた氷だけの面になる。そこからは、かんじきを外し、アイゼンとピッケルを頼りに登ってゆく。
明日は、いよいよ恒例の元旦登頂に挑戦という、大晦日の午後だった。メンバーの一人が下山することになった。雪山は小人数では難儀する。先頭の者にラッセル（除雪）の負担が集中するからだ。大勢だと交代でやれる。それに、何人かだと互いに心強い。そのメンバーの単独下山を危ぶんだリーダーが、急遽、同伴希望者を募った。小栗は、その瞬間、突如として、家で正月を迎えたいという不可解な強い衝動に襲われた。あとから思うと、虫の知らせというものだった。高校入学以来連続して五年間、この元旦登頂に参加してきたせいもあった。急遽、名乗り出て、その友人と二人で下山することになった。
大晦日の深夜、あるいは、翌元日だったかもしれない。小栗は、羽越線の列車で南に下り、なんとか家にたどり着いた。それが、母と五年ぶりに一緒に過ごした最後の正月でもあり、最後の休暇ともなった。母は、その二ヵ月後に末期ガンと診断され、半年間にわたる壮絶な闘病生活の末、九月半ばにこの世を去った。享年五四歳だった。

「死に近き母に添寝のしんしんと遠田のかはづ天に聞ゆる」

——斎藤茂吉——

「私の病気もやっと峠を超えました。明日からは良くなります」

病魔に対するそんな勝利宣言が、母の最後の言葉になった。

気丈な母であった。痛み止めのモルヒネ注射が連続し、意識がもうろうとしていたのかも知れない。その日は、当時としては珍しい季節外れの熱い日だった。その翌日、小栗は二〇歳の誕生日を迎えた。

――坊主の読経は哀れっぽくて嫌だ。死は、あの世への凱旋なのだから――

父は、そんな強がりを言って、若い小栗を慰めてくれた。その父も、四年後、小栗が社会人になるのを見届けるかのように、母の元へと去った。小栗は、親孝行らしいことを何一つしなかった己を恥じ、悔いた。

小栗は、あの下山の際の最後の一場面を鮮明に憶えている。その日は、日本海側の冬季には稀な、奇跡的と言っていいほどの晴天だった。にもかかわらず、下山にはかなり手こずった。スキーを履いてこそいたが、四〇キロあまりのリュックザックを背負った狭い山道では、滑走どころではない。おまけに、スキーの滑走面には、貧乏人のシール（アザラシの毛皮）と自嘲し合った、滑り止めのロープが巻き付けてあった。

二人だけのラッセルも重荷になった。その上、道に迷いかけたりもした。野兎の足跡を山麓の住民の足跡と錯覚したからである。それは、人間が輪カンジキを履いて歩いたような跡になる。飛び跳ねて着地する時、柔らかくて深い新雪の面に腹全体が接触してできる大きな痕跡が残るからだ。

やっと、人里まで標高差であと五〇〇メートルほどに迫った時、早くも冬の闇のとばりが降りはじめた。薄暮の下界に人家の灯火がまたたきはじめたのが、木立の切れ間から垣間見えた。それは、筆舌に尽くしがたいほど美しい光景だった。詩人であれば、「宝石を散りばめたような」とでも表現するのであろう。

「町にはちらほら灯《ともし》が点《つ》いた。ラッセル急げよ、おおシーハイル」

——詠み人知らず——

小栗の記憶は、そこまでだ。それから後のことは、不思議なほど、何一つ記憶にない。人里までの道中も。そこから駅までの道中も。車中のことも。母や家族と一緒にすごしたはずの肝心な最後の正月の休暇のことさえも。

一緒に下山したその友人は、その冬、飯豊山中で雪崩に巻き込まれて死んだ。発見された遺体の面前には、小さな雪の空洞ができていた。絶命寸前の彼の苦しい吐息が、口許の雪を溶かしてできたものだ。その小さな雪の洞は、彼が窒息死するまでに苦悶した時間の短さを物語っていた。

いつの頃からか、小栗はこんな感覚を抱くようになった。

「実は、俺は、あの時下山の途中で死んだのではないか。その友人の最後の姿は、本当は俺自身の姿だったのではないか？　あの時、背後から突如襲って来た表層雪崩に巻き込まれ、窒息死したのではないか。面前に小さな雪洞を作って」

ずいぶん後になって、あるハリウッド映画を観た時に、そんな思いが一段と募った。自分が死んだことに気づかずに、前世をさまよい続ける男の話が登場したからだ。

あの時、天が、息子の小栗を蘇生させ、余命いくばくもない母の元に返してくれたに違いない。母の日頃の深い信心を知っていた天は、母を不憫に思ってくれたのだ。もしかしたら、母が天に願い出て、息子の身代わりになってくれたのかも知れない。人は死なない。次の次元に移るだけだ。人の死の数だけ、次元が増えてゆく。来世では風になりたい。そうだ、風がいい。もう一〇年以上も前に一世を風靡したあの歌のように。小栗は、いつしか、そんな思いを抱くようになった。

のどかな冬の風景

小栗は、これ以上語り続けることには、もう耐えられなくなった。垣間見た灼熱地獄。苦しむ人々の姿。残酷極まりない人減らしの戦争。悪夢以外の何物でもない。

「夢なら醒めてくれ！」小栗は一心不乱に念じた。

…………

…………

「あっ……気がついたようです」

誰かのくぐもり声が、遠くから響いた。誰かの近づく気配がした。

見知らぬ女の顔が覗き込んでいた。それが消えると、誰やら見覚えのある顔に変わった。

「百合子に似ている……百合子だ！」

「あなた……」

そう言ったきり、百合子は感極まってその場に泣き崩れてしまった。小栗は身体を動かそうとした。全身に激痛が走った。身体中のそこかしこにチューブが繋がれていた。

見知らぬ男の顔が見えた。首から聴診器をぶら下げている。医師のようだ。

……

……

あの日、二〇一八年二月一二日午前一〇時二三分、小栗は、月島黎明工業高校の教壇で心臓発作に襲われ、意識を失った。救急車で、この築地の病院に担ぎこまれた。あの晴海通りを通り、勝鬨橋を渡って。ただちに、集中治療室で蘇生処置を受けた。丸一日、意識不明だったという。

集中治療室から小栗が移された六人部屋の病室は、一五階にあった。窓際のベッドから、隅田川越しに、あの懐かしい月島や勝どきの街並みが見えた。あの美しい勝鬨橋の姿も見えた。隅田川を、あの偏平な遊覧船が走っていた。浅草から来て、お台場や、竹芝や、日の出栈橋に向かうのだろう。昔と何一つ変わっていない。のどかな冬の風景だった。

低い押し殺した嗚咽とともに、涙がとめどもなく込み上げてきた。

「有り難うございます。有り難うございます……」

誰に向かって言っているのかは、分からない。あのおぞましい悪夢から醒めさせてもらったことへの、感謝の念なのであろう。彼は、それを百万遍の念仏のように、心の中で、とめどもなく繰り返した。

南極海巨大津波……地球・熱暴走……あれは、どうやら夢だったらしい。意識が戻る途中の一瞬で垣間見た悪夢だったに違いない。ということは、教え子たちも、同僚も、月島の人達もみな無事だ。

「まだ間に合う。今なら、まだ間にあう」

小栗はしきりに呟いた。

小栗があまり執拗にこの言葉を繰り返すので、周囲の人は、小栗のことを気が触れたと思ったそうだ。

「この悪夢を書きとどめよう……絶対に正夢にしてはならない」

小栗は、再び薄れてゆく意識の中でぼんやりとそう思った。

本書は、小栗の手になるものではない。順調な快復をたどっているかのように見えた彼は、二度目の心臓発作に襲われた。入院から二ヵ月半後の四月二八日であった。そして、その晩、次の世界へと旅立って行った。彼のため、天があつらえてくれた次の次元へ。心臓発作による故人にはあまり見られない、まるで眠っているかのような、安らかな死に顔であった。

本書は、あの一五階の大部屋でたまたま彼と同室になった筆者が、彼の話を書き留めたものだ。まるで、筆者に引き合わせるために、不思議な力が働いて、彼を蘇生させ、しばしの間、彼の見た悪夢を筆者に語らせたかのようだ。
生前の小栗が好きだった歌を百合子さんが教えてくれた。もう一〇年以上も前に流行った「千の風になって」という詩だった。
この千の風こそが、図らずも、本書の最大のテーマ、美しき青き水の惑星ガイヤと、人類の守護神「大気の対流」である。筆者は、そのことに想いを馳せるとき、いっそうの深い感慨を覚える。

—完—

——書きとどめよ、議論したことは、風の中に吹き飛ばしてはいけない——

本書に登場した、学校、会社、デパート、マンションなどの団体は、すべて架空のものであり、実在するものとは一切関係ありません。
本書の執筆にあたり、地球温暖化に関する情報に関しては、
〔1〕「地球が熱くなる」HOT HOUSE EARTH : THE GREENHOUSE EFFECT AND GAIA ジョン・

グリビン著　㈱地人書館　一九九二年六月発行　原書は一九八九年一月発行
〔2〕「一般気象学　第2版」小倉義光　東京大学出版会
〔3〕「ガイアの復讐」ジェームズ・ラブロック　中央公論新社
〔4〕「『悪魔のサイクル』へ挑む」西澤潤一　上野勛黄　東洋経済新報社
〔5〕「地球温暖化」伊藤公紀　日本評論社
〔6〕「地球温暖化は止まらない」S・フレッド・シンガー、デニス・T・エイブァリー　東洋経済新報社
〔7〕「地球温暖化問題懐疑論へのコメント」二〇〇八年七月七日 Ver.2.4 明日香壽川他（http://www.cir.tohoku.ac.jp/~asuka/）を参照させて頂きました。
第一章・二章の東京その他の各地の地形に関しては、
〔8〕「地べたで再発見『東京』の凸凹地図」著者　東京地図研究社　㈱技術評論社出版をそれぞれ参照させて頂きました。ここに、厚く御礼申し上げます。

付録

付録Ⅰ　海中河川システムの概要

沼間教授が、小栗と渋谷に明かしてくれた海中河川システムの概要は、次のようなものであった。

〔送水能力毎秒一〇〇トンのユニット・システム〕

送水能力毎秒一〇〇トンのシステムを、基本的な一単位（ユニット）とする。年間の送水量は、三二億トン。売値をトンあたり一ドル（一五〇円）とすると、年間の売上高は四八〇〇億円となる。

〔送水施設〕

大きな河川の河口に隣接して建設する沈殿池、ゴミや土砂の濾過と廃棄のための装置、岡や山などを利用して標高数十乃至百数十メートルの高さに建設する加圧用の貯水槽、送水ポンプなどから成る。土砂の濾過・処分費用や、送水動力費や、人件費など。年間の諸経費を三〇〇億円と見積もると、年間の粗利益は四五〇〇億円強となる。送水管の耐用年数を四〇年とすると、四〇年間に一八兆円ほどの粗利益が見込まれる。五年分の粗利益二兆三〇〇〇億円をシステムの創設費に充てる。送水設備と用地の買収費は三〇〇〇億円。

送水管の部分は、敷設費用も含めて二兆円を充てる。

〔送水管〕

送水管は、直径一〇メートル、肉厚一二ミリメートル、素材の塩ビの密度を一立方メートルあたり一・四五トン、素材の値段を一キログラムあたり三〇〇円と見積もると、送水管一メートルあたりの重量は〇・五五トン、その材料費は一六万五〇〇〇円ほどになる。ちなみに、塩ビの原料は、四三パーセントの塩と、五七パーセントの石油や天然ガスである。これに、管の製造に必要な大型のダイキャスト（射出成形）用金型などを製造したり、操業したりするための費用や、作成した送水管を敷設現場まで運搬するための費用や、敷設作業の費用など一切がっさいを含めて、システムの送水管部分の建設費用を、原料費のほぼ六倍の一メートルあたり一〇〇万円（一キロメートルあたり一〇億円）ほどと見積もる。二兆円で長さ二〇〇〇キロメートル弱のパイプラインが敷設できる。

〔送水管の直径とポンプ動力費〕

水力学によると、送水に必要な水圧の差（水頭損失）は、送水管の長さLと流量Qの二乗に比例し、送水管の内径Dの五乗に反比例する。流量毎秒一〇〇トン、内径一〇メートル、全長二〇〇〇キロメートルのユニット・システムでは、管摩擦係数を〇・〇〇八と評価すると、水頭損失は一三二メートルとなる。送水に必要なポンプ動力は、一三二メートルの地下から毎秒一〇〇トンの地下水を汲み上げるのに必要な一三万キロワットであり、年間（八七六〇時間）では一一億キロワット時となる。一キロワット時あたりの動力費を一〇円と見積もると、年間の動力費はざっと一一〇億円となる。送水管の内径を半分の五メートルにすると、ポンプ動力費は三二倍の三五二〇億円（水頭損失四二二〇メートル）に跳ね上がる。逆に、内径を倍の二〇メートルにすると、ポンプ動力費は三億四〇〇〇万円（水頭損失四・一メートル）に激減する。送水管の製造・保管・運搬・敷設作業の費用と、ポンプ動力費との兼ね合いから、直径の望ましい範囲は一〇から二〇メートルの範囲である。

〔ジャンボ塩ビ管の製造方法〕

まず、幅一〇πメートル、厚み一二ミリメートルの薄板をダイキャストで作成する。これを半硬化状態で徐々に丸めながら円筒形状の型枠に押し込んでいき、両端の突き合わせ部分だけを高周波加熱で局所的に加熱して融着する。これを、一貫した流れ作業で行い、直径一〇メートル、長さ一キロメートルほどの塩ビ管を製造する。管の精度は低くてもよい。精度は両端に取付けるコネクタの精度で補う。管の両端に、高精度の樹脂性の継ぎ足し用ワンタッチ式コネクタ（ソケケットとプラグ）を取付けて保管し、浮きを付けて海面に浮かせながら、船で敷設現場まで曳航する。

送水管は、海中輸送の便宜と運搬費用の低廉化を図るため、敷設現場のなるべく近くの海岸で製造する。受け側が中国やロシアであれば、現地で生産した送水管を、日本に向けて敷設して来ることになる。そして、日本から相手国に向けて敷設した分と、海上でドッキングさせる。

〔送水管の敷設方法〕

浮きを付けて海面に浮かべた長さ一キロメートルほどの送水管を、製造現場から敷設現場まで、作業船で曳航する。敷設現場で、一方の送水管のプラグを他方のそれのソケットに押し込むという、いわゆるベルトなどに利用されている弾力性の係止爪を利用したワンタッチ式の結合機構を利用して次々に送水管を継ぎ足してゆく。作業船の舷側に上下できるように取りつけた作業台の上で、クレーンを使用して行う。作業中、送水管の内部は海水で満たされており、浮力を引算した送水管の実質的な密度は一立方メートルあたり〇・五トンほどと大幅に低下する。このため、揺れる海面上でも、大きな支障もなく、継ぎ足し工事が多能になる。

なお、薄肉・大径の送水管が大気中において自重や作業者の体重などによって崩壊する恐れを軽減するうえで、製造中は圧縮空気による微弱な内圧を付加したり、実質的な密度が三分の一に低下する水中に射出・保存したりすることもできる。水中では、浮力のため実質的な自重が三分の一ほどに低下することに加えて、送水管の内部の水が支えとなるため、送水管の自重などによる崩壊の懸念はない。

ソケットとプラグの結合後に、隙間に注入される接着剤を兼ねたエポキシ樹脂によって必要な水密性が確保される。漏れる海水の許容量は、受け側の塩分濃度が農業用水としての利用に適した、例えば、現地の地下水の塩分濃度よりも小さい値となるように設定される。各継ぎ足し箇所で漏れて内部に侵入する海水の許容量は、典型的には、毎分数リットルの桁となろう。

海中で継ぎ足された送水管が適宜な長さに達すると、根元側の適宜な長さにわたって浮きが外され、内部に海水が自由に出入りできる状態で自重によって海底に沈められる。中の海水は送水の開始時に、商品の泥まじりの真水で押し出されてゆく。日本から送り出す泥水を濾しすぎると、真水の密度が下がり、送水管が海底から浮き上がる。これを防ぐため、内部の泥水の密度を標準的な海水の一・〇二三を下廻らない値に調整する。海底では海流の速度もゼロに接近するため、海底への固定機構は省略できる。カーブの箇所などには、海底に半固定するため、岩石などの重りを追加する。

送水管の内部に遠隔操作式の小型無人潜水艇を航行させ、管内の塩分濃度から漏れ箇所の有無を点検したり、管壁の泥の掻き落とし作業を行わせる。秒速、一メートル前後の水流自体が、潜水艇を推進させたり、掻き落とした泥を運搬したりするための動力源となる。フックやワイヤー利用して、潜水艇を送水管の内壁面に固定し、水流を利用してプロペラを回し、発電機を駆動すると、電池の充電が可能である。

直径一〇メートル、肉圧一二ミリメートル、全長二〇〇〇キロメートルのパイプラインを製造するのに必要な塩ビの重量は、ソケットやプラグなどの接続機構の分も含めて、一三〇万トンほどになる。これは、数十年前の日本の年間生産量の半分に少し欠けるほどの量である。

〔各種送水管の混用〕

岩礁地帯や砂地や底引き網の漁場など、海底の状況に応じて異なる強度の素材や構造の送水管を使い分けることで、送水管の製造費用の低廉化を図る。ポンプ動力が発生する送水圧（動圧）に耐えるため、送水管内部の送水圧（吐出圧）と釣り合うだけの静水圧が外部からかからない送り（日本）側の陸上や、水深百メートル未満の浅い海中でのみ、肉厚を増したり、補強用の凸条を付加した塩ビ管や、防錆処理を施した頑丈な鉄管などを使用する。軟質のビニール管を敷設する場合は、敷設船に積み込んだ薄いビニール膜を丸めて管状にし、高周波加熱で縫い合わせながら、船尾から繰り出していくという敷設方法により、継ぎ足しのスパン長を数十、数百キロメートルに延長できる。途中の底引き網の漁場では、網に取付けられる金属製の楯状の重りで破損させられないよう、硬度の高い塩化ビニールなどを使用する。

送水管を公海の海底に敷設する場合は、地上に敷設する場合のような用地買収などの手間も費用も要らないという利点がある。

付録Ⅱ　対流の弱まりの少々詳しい説明

以下では、小栗が発見した高温多湿化に伴う対流の鈍化という現象を、気圧という概念を使って少々詳しく説明する。

海洋の表面の海面水温は、一般に、日差しの強い赤道直下で最高となり、赤道から離れた高緯度の海域ほど日差しが弱まって海面水温は低下する。高温の低緯度海域ほど、上空の空気が暖まって膨張し、希薄になるので気圧が低くなる。逆に、低温の高緯度海域ほど気圧が高くなる。低緯度の海域と高緯度の海域のあいだに発生する対流は、気圧の差が大きくなるほど強くなる。

高度ゼロの海面の任意の箇所の気圧は、その箇所の上空に存在する一平方センチメートルあたりの大気の総重量で、ほぼ一キログラムである。この気圧の計算は、まず、一平方センチメートルの海面や海抜ゼロの地面の上空に存在する空気と水蒸気の密度を高度別に計算し、それぞれをすべての高度について足し算してやればよい。

まず、高度別の空気の密度を計算する。高度が増すと、気圧が下がって空気が膨張して希薄になるので、その密度は減る。同時に、高度が増すと、気温が下がるので空気が収縮してその密度がわずかに増える。上空の気圧は、高度が五〇〇〇メートル増すごとにほぼ半減する。一方、上空の気温は、高度が一〇〇〇メートル増すごとにほぼ六～八℃ずつ低下する。この高度に対する気温の低下率は、気象学の分野では、『気温減率』と呼ばれる。まず、高度ゼロの任意の点については、そこの気温における乾燥空気の密度ρaをC図の点線から読み取り、これを出発点とする。

この高度ゼロにおける空気の密度に、上述した高度の増加に伴う密度の増減の様子を反映させながら、高度別の空気の密度を計算する。こうして得た各高度における空気の密度を、高度ゼロから十分な高度……二万メートルぐらいまで足し算する。それが一平方センチメートルの海面や地面の上空の空気の総重量だ。これは、大気圧に占める空気の寄与分、つまり空気の分圧とも呼ばれる。

次は、水蒸気の密度だ。高度が増すと気圧とともに気温も下がるので、飽和水蒸気量が急激に減っていく。これは、さっきB図で見た通りだ。気温が低下すると水蒸気は収縮して密度が多少増加するが、空気の場合と同様、増加分はほんのわずかだ。まず、さっき、空気の総重量を計算したと同じ点の、高度ゼロメートルの気温における飽和水蒸気の密度ρwを、A図の飽和水蒸気量から読み取る。これに、空気の場合と同じく、気圧と気温の低下に伴う密度の増減の様子を反映させながら各高度における水蒸気の密度を算定する。

こうして算定した高度別の水蒸気の密度を、高度ゼロから十分大きな高度まで算する。それが、F図に示す一平方センチメートルの上空に存在する水蒸気の総重量、あるいは水蒸気の分圧だ。

D図の横軸は海面水温（℃）、つまり高度ゼロの気温だ。縦軸は、一平方センチメートルの海面の上空の大気中に含まれる水蒸気の総重量（グラム）、パラメータは上空の気温減率だ。この水蒸気の総重量は、数十グラムで、大気の総重量（一キログラム）の数パーセント、分圧に直すと数十ヘクトパスカル（hPa）だ。大気中の水蒸気の増加には、海面水温の上昇は勿論だが、それ以上に、気温減率の低下、つまり上空の温暖化の程度が大きな影響を及ぼすことが判る。海面水温が上がるにつれて、対流が弱まり、上空が温暖化して気温減率が低下するので上空の水蒸気の量は、D図の破線で例示するように急峻な曲線を描いて増大する。

最後に、一平方センチメートルの海面の上空の空気の総重量（空気の分圧）と，同じく水蒸気の総重量（水蒸気の分圧）とを足し算すれば、その点の上空の完全に湿った空気の総重量、つまり任意の海面水温の箇所の気圧（全圧）が得られる。

この計算結果をE図に示す。E図中、パラメータは気温減率（℃／キロメートル）だ。点線は相対湿度〇パーセント、気温減率マイナス六℃／キロメートルの乾燥空気によって生じる気圧であり、三本の実線は相対湿度一〇〇パーセント、気温減率がマイナス六℃／キロメートル～マイナス一℃／キロメートル）の完全に湿った空気によって生じる気圧だ。ただし、空気の分圧は、すべて点線の分圧、つまり、マイナス六℃／キロメートルのもので近似した。

この気圧は、絶対的な値よりも相対的な関係のほうが重要なので、一気圧の値を、一平方センチメートルあたり一・〇キログラムと近似し、縦軸上の適宜な箇所に一気圧の点を設定した。

この気圧は、対流が発生して気圧差が縮まる直前の、例えば、大気と海面との摩擦抵抗や、大気中の摩擦抵抗もしくは粘度が十分に大きいため対流が発生しないと仮定した場合の仮想的な静止状態下の値だ。実際には、こんなに大きな気圧差が発生する前に、対流が発生し、この対流によって気圧差ΔPは大幅に縮小される。それでも、このE図は対流の海面水温に対する変化の様子を大まかに知る上で十分有益だ。

海洋の海面水温は、日射量が最大の赤道直下において最高で、緯度が増して日射量が減

D図

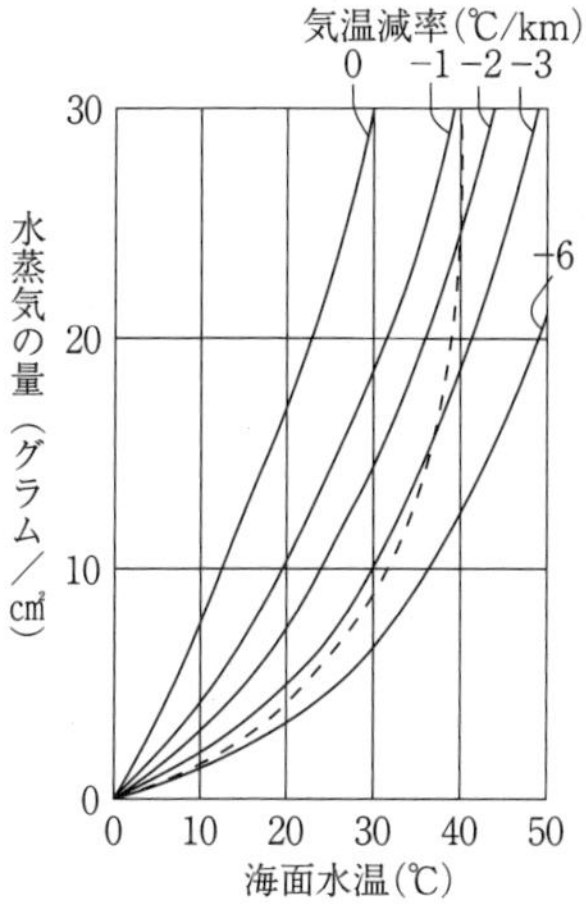

E図

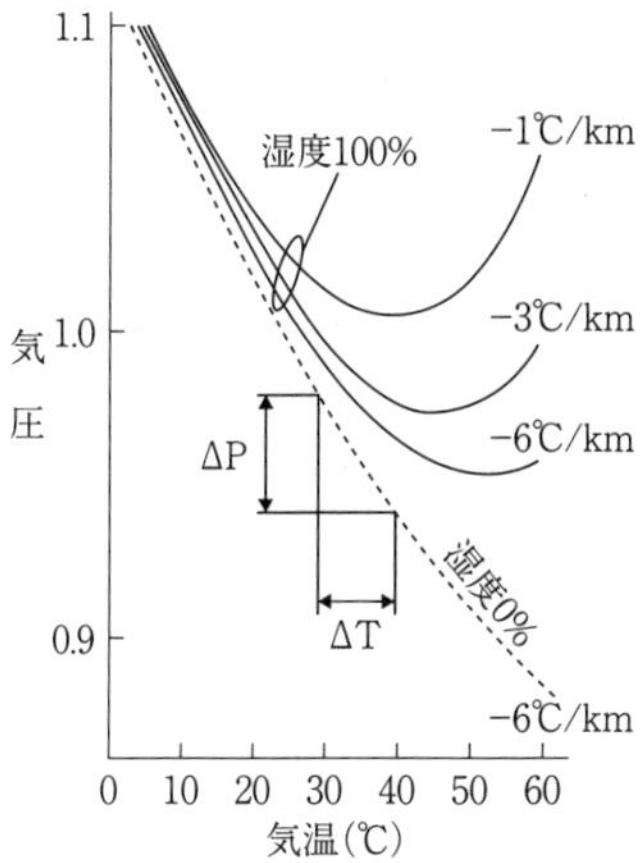

少するにつれて次第に低下してゆく。Ｅ図の気圧差ΔＰは、対流を発生させる原動力（駆動力）だ。海面上に仮想した二点間の緯度の差（南北方向の距離ΔＬ）が増加するほど、二点間の気温差ΔＴも増加し、その結果、駆動力ΔＰも増加する。

しかし、着目する二点間の距離ΔＬが増加すると、大気の層の内部や、大気の層と海面との摩擦力も増えて対流を弱めようとする。結局、南北方向の単位距離ΔＬあたりの気圧差ΔＰ／ΔＬを、対流の強さの指標と考えることができる。この指標ΔＰ／ΔＬは、（ΔＰ／ΔＴ）と（ΔＴ／ΔＬ）との積に変形できる。

つまり、任意の気温で、Ｅ図中の実線や点

線に引いた接線の勾配ΔP／ΔTは、空間内の一定の温度勾配ΔT／ΔLの下での、大気の対流の活発さ（強さ）を示す指標となる。高温多湿の大気の対流は、その駆動力の指標（ΔP／ΔT）が気温の上昇につれて減少することに伴い、急激に弱まる。点線で示す陸上の乾燥空気には、その傾向がほとんど見られない。

氷河期から間氷期に向かう際の地球的規模の温暖化は、ほぼ一〇万年周期で過去に何度も繰り返されてきた。温暖化の初期には、まず、高緯度地域の温暖化が急激に進むことも解明されてきた。温暖化の初期には、赤道近辺の海面水温が上昇して海面から運び去られる潜熱の量が増え、暖かな赤道海域から寒冷の高緯度の海域に運ばれる熱量が急増するためだ。高緯度海域の温暖化が進むにつれて、全球的な南北間の温度勾配ΔT／ΔLが次第に減少し、対流による南北間の熱輸送が弱まりはじめる。

その上、地球の表面積の三分の二を占める海洋上では、E図に示すように、駆動力の指標ΔP／ΔTも気温の上昇に伴って減少する。その結果、南北の海域間の対流の強さの指標ΔP／ΔLは、全球的な海面水温の上昇につれて加速度的に弱まりはじめる。その結果赤道海域の海面水温が加速度的に上昇しはじめる。

著者略歴

さくら俊太郎（さくら　しゅんたろう）

1941年神奈川県生まれ

1964年東北大学・工学研究科・修士課程終了

電電公社（現NTT）・武蔵野・横須賀・電気通信研究所勤務を経て退社

現在弁理士として知的財産権関連業務にも従事

主な著書

「司馬遼太郎の置き手紙―幕末維新史の真相―」2004年　文芸社

「偽ユダヤ人と勝海舟」2006年　文芸社

「人類絶滅の序曲―地球・熱暴走」2007年　文芸社

本書は、上記2007年、文芸社発行の書籍の内容を大幅に加筆・削除した新訂版である。

〔新訂版〕地球・熱暴走―人類絶滅の序曲―

2009年4月22日発行　　初版発行

著者

さくら俊太郎

発行・発売

創英社／三省堂書店

〒101-0051　東京都千代田区神田神保町1-1

Tel：03-3291-2295　Fax：03-3292-7687

印刷／製本

藤原印刷

ISBN978-4-88142-380-6 C0093

落丁、乱丁本はお取替えいたします。